以你为名的世界

The world in your name

张芮涵 / 著

下

台海出版社

第十二章
从此两不相欠，两不相干

Part 1 ......

然而白玺童这口气，赌了整整五年才消。

五年。

足以让滨江的春水冬霜换过几个轮回，让初来乍到的孩子适应人情冷暖，让一个身体代谢掉原以为会刻骨铭心的爱恨情仇。

洛天凡双鬓上的斑白又多了一些。

他用了一整天的时间打理自己，从挑选西装到手表，甚至连发蜡都思考半天用哪一款。

如此费心，只为重逢时能看起来没有苍老很多，而不显得时光太长让他们彼此生疏。

飞机降落前三个小时，他就到了机场。端正地站在到达出口，即便知道前面的数拨乘客都一定没有他要等的人，但依然仔仔细细看过每一个路人。

他手里还是那根黄花梨木的拐杖，支撑住千斤重的期盼。

洛天凡看着表，距离白玺童的航班降落已经过去半个多小时，大屏幕里也显示已经到达。秒针每跳一下，对他而言都连着心跳。

在他的倒数计时里，白玺童终于推着等身高的行李车出来，五六个大箱子摞在一起把白玺童的脸挡得死死的，本就娇小的她，完全淹没在箱子后。

她戴了一顶黑色鸭舌帽，又加了一副遮了半张脸的墨镜，更夸张的是口罩都全副武装起来。不用说行李车，就算没有那么多箱子恐怕洛天凡也很难辨认出她来。

她这样原是因为自己现在正因为沈先礼的案子，处于失踪人口的状态，所以她尽可能地不让别人认出来。

没想到她这身打扮反倒适得其反，一路上总是惹得旁人频频回头，指指点点地以为她是某个明星。

她现在只想赶快找到洛天凡，迅速撤离这危险之地。

岂料，今天正巧是一个韩国女团成员到H市的日子，好像航班跟她的时间也差不多。好多粉丝举着写有韩文的名字牌心心念念在等着见爱豆一面。

而当白玺童这副打扮出现在众人视野里时，粉丝疯狂地大声合唱爱豆的歌。

起初她还没意识到，以为韩国偶像在自己附近，还回头看了两眼。

直到粉丝把花一把一把塞到她怀里，并且泪流满面地要跟她合影，她才恍然大悟，自己被误认了。

她一直摆手，企图解释。然而粉丝的尖叫声太大了，加上她还戴着口罩，她说什么完全没人听到。热情如火的粉丝还以为她在关心她们，更不得了，"撒浪嘿呦""I LOVE YOU"的声音响彻机场大厅。

如此一来，不仅粉丝，旁边的路人、媒体记者纷纷拿出手机拍她，还有明明不是粉丝的，还有模有样地发了一张朋友圈："在机场偶遇爱豆朴善雅，真是太幸运了，喜欢她整整五年了！"

白玺童真是骑虎难下，难敌疯狂粉丝团，只想突出重围快点走出人群。

让她崩溃的是，粉丝们争相跟她合影，蜂拥而上，把她的行李箱都挤得摔在了地上。

其中有一个箱子没扛住突如其来的力道，落地时密码锁撞开，行李四敞着，内衣、衬衫等如烟花般华丽地飞了出来……

一旁的男人手疾眼快地抓到了一条，默不作声地揣进兜里。

这一下引得大家更加疯狂，记者开心死了，一点不吝啬快门，把闪光灯全部贡献给她。半小时新闻一出，一定上座头条。

白玺童也被人潮撞得跌坐在箱子旁，眼看着自己的私人物品被列强瓜分走，真是欲哭无泪。

她终于忍不住了，摘下帽子、墨镜和口罩大喊一声："我说了我不是那个谁谁谁！你们认错人，认错人啦！"

这一下让疯狂粉丝团惊呆了，把抢来的东西纷纷又扔了回来，有的嘴上还抱怨着："不是明星干吗这副打扮，现在人为了蹭热度真是什么事都干得出来。"

这一刻她真是欲哭无泪。

从刚才开始，洛天凡就听到了这边的骚动，往这边看了两眼，却只看到她被粉丝团团围住，便也没多想。

直到她一声怒吼，粉丝散去，毫无伪装的她暴露在世人眼里。

时过境迁，已经没有人记得若干年前曾轰动全市的沈先礼的新婚妻子，这个当年被无数少女羡慕过的人，不敌一个新爱豆，彻底被遗忘在记忆的角落。

但她对于洛天凡来说，却是唯一的惦念。

洛天凡拨开人群，弓着腰俯下身去，看着恼怒得像只狂躁的小鹿一样的白玺童，欣喜着她还是那个小姑娘。

"大小姐。"

已经许久没有人这么称呼她，一开始她并没有反应过来。直到洛天凡轻轻拍了拍她的肩膀，她一回头遇到他满怀深情的眼神，才看到他。

她孩子般一把抱住洛天凡，五年了，算不算久别重逢。

他们回到庸会所，这里即便在白玺童离开后也没有恢复营业，洛天凡觉得这里就是白玺童的娘家，以后无论她在哪，受了委屈都有可以庇护的栖身之所。

他守着这里，就像在守着白玺童还会回来的机会。

白玺童倒是也没有认生，一进门就径直跑进卧室，四仰八叉地躺在床上，嘴里不停地叨咕着。

"洛叔，你都想不到，我这一趟真是人在囧途！后面一大叔一上飞机就把鞋给脱了，那脚真叫一个酸爽，什么叫酒香不怕巷子深，脚臭无所谓人在哪，我算见识了。"

洛天凡坐在床边盯着白玺童的脸，看着她小嘴一张一合的，正是她一如往常的样子。

他太想念她了，像想念一个女儿一个妹妹。

白玺童还在继续吐槽："我前面那大妈也是真叫一绝，她嗑了整整六个小时的瓜子。"

洛天凡笑着说："他们上了年纪了，不知道飞机礼仪也正常。"

听完白玺童腾地一下坐起身，火速冲进浴室开始洗澡。留下洛天凡在房间情不自禁地傻笑，不小心看到镜子里自己这副模样，赶忙稳了稳，调整回一贯的冷静。

他环顾四周，所有的东西和往常一模一样，但因为白玺童在这里，似乎一切都活了过来。

白玺童洗完澡，穿了一件白色衬衫，还有些残留水汽把衬衫润得有些半透。洛天凡礼貌地背过脸，尽量不去看她。

"小少爷怎么没跟您一起回来？"

"那个小王八蛋都跟我登机了，假装去上厕所居然跑了！一提起他我就火大。"

说着白玺童摆摆手，脑袋像拨浪鼓一样摇，恨不得把这个小魔王从自己脑子里甩出去。

洛天凡关切地问："说到底也不过是个五岁大的孩子，他自己跑出去没问题吗？"

"不用担心他，早跑回远森怀抱了。这回他可称心如意了，我不在，他能骑到远森头上！"

"您和司远森……"

"尔辰不能没有爸爸，我不愿意让他重蹈我的覆辙，先让远森顶一阵吧。"

洛天凡点点头，也不再多问什么。

白玺童一边把行李箱里的衣服一件件挂回到衣柜里，一边讲着这些年在新加坡的事。

是的，这五年她去了新加坡，一个完全没有人认识她，也没有人知道沈先礼的地方。她以一个新的身份重新开始新的生活。

说来也巧，命运亏欠她的，在这五年里似乎都偿还给她。

她变得特别幸运，想买房子就有合适的地标景观房在卖，想送尔辰去幼儿园就有最好的学校有一个名额。

白玺童把这当成时来运转，信心满满可以过好这一生。

但沈先礼是她埋藏在心底的定时炸弹，他是她午夜梦醒时恍惚的前半生，他是她异于常人背负的心里事。

五年的时间足够让她淡漠和他之间的是是非非，恩恩怨怨。如今她回来，只想把一切做个了结。

从此两不相欠，两不相干。

洛天凡听她说着新加坡的经历，拿出手机看着她曾发给自己的尔辰的照片，那还是他三岁生日时拍的，圆圆的眼睛像极了白玺童，倔强的眉毛却很有沈先礼的样子。

也许是出于偏爱，洛天凡总觉得尔辰的眼神，比同龄的孩子有更多的灵性。即便隔着照片，他也总觉得像是能被这个孩子看进心底。

白玺童发现了他的出神，走过来坐在他身边，也凑着脸看了眼尔辰。然后抬起头也不知在盯着什么没有焦距。

"像爸爸。"

留给他们平静的重聚时间不到三个小时，网络上白玺童坐在散落的内衣堆里的照片就上了娱乐版头条。起初吃瓜群众还只是觉得这个乌龙事件很好笑，无非就是键盘侠又跳出来挖苦几轮狂热粉丝。

但事情愈演愈烈，民生版记者无意间竟发现照片中的端倪，白玺童不是已经死了吗？

豪门杀妻案，看来就要被旧事重提。

Part 2 ......

阔别了六年的阳光，让沈先礼觉得久违又刺眼。

临出监狱大门，他定定地站在空场上半晌，深吸了几口空气，然后微笑着回望这囚禁了六年的地方，向着那一整面没有温度的灰色高墙挥了挥手。

再见，这救我一命的避风港。

高墙之外只有洛天凡一人守在那里，见他踱步出来，才松了一口气。连声道："回来就好，回来就好。"

沈先礼原本是寡言之人，洛天凡原本以为这六年的牢狱会让他更加冷峻，却没想到他像变了一个人一样，放松又明快了很多。

一路上，沈先礼坐在后座，对H市六年来的变化津津乐道，全然一副游客的样子，兴致很高地问洛天凡，这是哪里那是哪里的。

当车驶进沈宅山顶别墅时，他心里才百感交集起来。

他像是一如往常般回家，又像是恍如隔世久未归。

一进门，用人们等候多时，齐刷刷地站在大厅。见他回来，无不兴高采烈。

而其中最激动的，自然是站在最中间的沈老太太。六年来，沈先礼从不让她来探望自己，担心她见到自己的境遇会担心难过。

但即便如此，她看着消瘦许多的儿子，还是忍不住落下眼泪来。

这几年她的日子也并不好过，随着沈先礼入狱，白昆山丧命，生命中两个最重要的男人接连出事，她不堪重创，身体每况愈下。

当年风姿绰约的她一下子苍老很多。

沈老太太不再矫健，步履蹒跚地朝沈先礼走去，他扶住颤颤巍巍的母亲。二人执手相看泪眼，没有只言片语，她只是咬着嘴唇噙着泪。

和用人们寒暄几番，饱饱地吃了一碗面。碧云姐亲自下厨，按照他的吩咐什么都不放，做最简单的清汤面。但即便如此，他依然吃得津津有味。

等到走完这些过场，他走上二楼，一步一个坎，短短的一层楼梯他走了将近十分钟。楼下的用人目送他的背影，心里都觉得不是滋味。

好在他回来了。

一切总归过去了。

书房并没有什么异样，所有的陈列都维持他在时的模样，就连楼下的花，种的都是同一品种，悠悠顺着窗户爬上来的芬芳，也还是熟悉的花香。

时间在这里像是被定格，甚至当沈老太太敲门的时候，他下意识还以为一开门会是白玺童。

没有了旁人在场，沈老太太便放下所有包袱和伪装，哭得声泪俱下，像个小孩子一样缩在沈先礼宽广的怀抱里。

"儿子啊，让你受苦了，是妈的错，都是妈不好。"

沈先礼轻轻拍着沈老太太的背，温和而低声说："妈说哪的话，怎么能怪你，一切都是我的主意，如果不这样做，我怎么能保住性命。"

原来从一开始沈老太太就已经选择了沈先礼，即便她对白昆山用情至深，但在骨肉亲情面前她又岂会以亲生儿子的命来成全自己虚无缥缈的爱情。

她可以搭上整个沈家的基业来帮助白昆山，但若这筹码换成是沈先礼，便万万不可。

她把一切都告诉沈先礼，如今他们已经被白昆山逼上绝路，就必须孤注一掷放手一搏。在你死我活的厮杀里，他要布一场很大的局，既要保住沈家又要保全所有人。

他又何尝不知道白玺童在谋划些什么，偌大的沈家，哪里没有他的眼线。白玺童是唯一一个能让他置之死地而后生的人，唯有利用她的恨，才能死里逃生。

沈先礼抱着沈老太太，脑子里想的却全是白玺童。

那份他蓄谋已久的恰到好处的恨，成功种在白玺童心里。但自己曾极力克制的不可见光的爱，又能怎么移除。

当这场大戏落幕，所有的演员都告一段落，他要怎么跟白玺童说，这不过是场"楚门的世界"。

她会原谅这种从头到尾的利用吗，会不会像自己一样把杀父之仇当作不共戴天？

当所有恨都如他所愿，那么所有爱谁来成全。

他像是操控一切的上帝无所不知，却不知道他们有一个孩子，在这世界正需要一个爸爸。

他唯一能让这份感情重头来过的可能，还好始终在白玺童心里。

此时不仅沈先礼重获自由，白玺童又何尝不是如此。

这六年，为了造成自己已死的假象，她亦不能出现在H市。新加坡虽好，但始终是异国他乡。

如今她终于不用再在庸会所过着暗无天日的生活，她可以大大方方走进任何一家商店，可以跟任何一个人介绍自己的名字——白玺童。

自从她知道沈先礼和白昆山的恩怨，以及自己和白昆山的关系，就解释了所有沈先礼对自己的态度。

她能理解沈先礼的苦衷，毕竟当一个人被控制时对自由的渴望，她比谁都清楚。更何况，沈麓亭死在白昆山手里，这笔血债，沈先礼怎么可能咽得下。

所有的仇恨都在轮回，像是追着尾巴的猫，停不下来。

而她也正经历着沈先礼当初的丧父之痛，必须要用时间来想明白这其中的苦衷。

他不想她爱他，所以想尽办法让她恨他，毕竟恨一个人比爱一个人要容易太多。

他不想她受伤，所以宁愿让她的幻想症加重，好轻而易举忘掉这一切。

白玺童说不上来他是否成功，她只是还记得他。

比谁都真切。

这次回来H市，白玺童也早就打定主意要还沈先礼清白。没想到在她还没来得及开记者招待会，机场一条新闻就把她暴露了。

这样也好，最好所有事都能顺其自然。

尔辰始终是个孩子，和司远森在一起潇洒不过一周，就忍不住打来电话哭着找妈。

"妈妈，你出去玩了那么久，怎么还没回家呀。"

白玺童笑着听着有气无力又奶声奶气的他，说："妈妈以后都不回去了，妈妈现在坐飞机来到火星了，火星特别好，全是甜甜圈，我还有了一个新儿子。"

"什么！我有哥哥了？他还可以吃甜甜圈？"

"是啊，火星吃甜甜圈不长蛀牙，所以你哥哥，不对是你弟弟，他可以随便吃。小猪佩奇也可以随便看，都不用去幼儿园。"

"啊啊啊啊啊啊，妈妈啊，我好想你啊，你不要丢下我。呜呜呜呜……"

终于在听说白玺童下定决心不要他的时候，他才意识到问题的严重性，听到了这么多福利待遇的引诱下，他更是整个崩溃掉，后悔死了为什么当初跑下飞机。

见他这么懊悔，白玺童自觉大仇已报，满意地笑了。

像所有家长都会说的那句一样："下次还敢不敢不听话擅自行动了？"

"擅自是谁啊，啊啊啊他怎么这样啊！"

白玺童真是又好气又好笑，跟小孩子讲不通道理。司远森在电话那头只好哄起哭闹着的尔辰。

"大胖儿你可别再说了，尔辰哭得都直咳嗽了。"

"谁让他自己瞎跑不听指挥，得惩罚他。"

"接下来你打算怎么办，儿子想你想的都吃不好饭了，你是回来，还是我带他去？"

"我明天就回，带着火星人的问候！"

第二天白玺童收拾好行李，买了很多零食和玩具，装了整整几箱子。和刚回来H市时一样，又是等身高出现在机场。

洛天凡虽然想多留她几天，但她说该办的事情也已经办完了，是时候回去了。

其实在她心里，惦记尔辰是一方面，更主要的原因是知道沈先礼已经出来，再不走迟早要见面。而她依然没有做好重逢的准备，她还没有强大到可以风轻云淡地面对他。

她告别了洛天凡，办理好了行李托运和登机，魂不守舍地过着一道道安检。说不上来为什么，她就是有不好的预感，总觉得事情进展太顺利了，难道真能这么轻松就回新加坡？

过海关时，工作人员仔细看了看白玺童的证件，看了看登机时间。

他也不看白玺童，只是冷酷地比画着手势一会儿让白玺童离远一点，一会儿又让她近一点。

"白玺童，是吧？"

白玺童突然有点紧张地说："是。"

"有个你的朋友说请你晚点登机，他想来送送你。"

"朋友？"白玺童狐疑地问。

"是的，但是他不能进安检，所以，还得请白小姐从这里回去找他。"工作人员的语气容不得人商量。

尽管满肚子疑问，白玺童还是收拾好东西退出了安检通道。她想了又想，实在想不出有谁知道她今天要离开，甚至，她都很少朋友在这个城市。

Part 3 ......

"好久不见。"

白玺童愣在那里，像是时间都已经静止，那一刻她的世界就只有和沈先礼四目相对下的他那双眼睛。

后面的人一个个地从她旁边过去，有嫌她碍事的狠狠地拨开她，还有的嘴上抱怨不停。但她即便身体被撞得站不稳，眼睛却始终没有移开分毫。

空气中弥漫着久别重逢的味道。

是混合了两千个日日夜夜的独自的呼吸。

是她答不上来的那句"想我吗"。

是他说不出口的"想你了"。

白玺童觉得他变了，六年前，他曾是让她闻风丧胆的恶魔，现在他端坐在那里，却像是无家可归的孩子。

那一刻他的眼神突然让白玺童想到了尔辰，那是第一次送尔辰去幼儿园后接他放学时的雀跃。

想到这，她的心不免又疼了一下。

沈先礼望着她，在把她已经撕了的护照本慢悠悠地又在手里撕得更碎。像是以此能来掩饰自己的紧张，或是怕暴露了忐忑与激动一样。

他们之间没有只言片语，只听见撕纸的声音。

这时白玺童才从吃惊中回过神来，摆出对待尔辰般的气势十足，瞪圆了眼睛，气运丹田一声吼："你有病吧，干吗撕我护照！"

沈先礼扑哧一声笑了，六年了，白玺童一点都没变。

他随手把碎纸天女散花似的扔到白玺童头上，自己起身离开座位，走下台阶，然后，放松而自然地搂住白玺童的脖子。

而白玺童居然也没反抗，鬼使神差地屈从了他的脚步，只是嘴上在絮絮叨叨着，"你这算妨碍司法公正啊，撕他人护照算不算违法，你是想找碴再进去吧！"

沈先礼也不理他，一路哼着曲儿就走到了门口。

晚风习习，拂面而来的风掺杂着滨江的水汽。水汽黏在沈先礼的睫毛上，模糊了双眼，看不远处的路灯，都带着光圈。

从不文艺的他，下意识脱口而出："活在这珍贵的世间太阳强烈，水波温柔。"

"你瞎吗，太阳在哪呢，水波在哪呢？你后来是不是转去精神病院了？"白玺童把十余个白眼都献给他。

"有空的时候多读读书，没文化。"

"滚吧你，我没文化，哼，儿子学校举办家长古诗词大赛我第一的好不好！"意识到说漏了嘴，白玺童强装镇定，清了清嗓子。但还是被沈先礼听得一清二楚。

"儿子？"

"怎么，我不能有儿子吗？"

"谁的，几岁啊？"

"四岁，你说是谁的！"

"行，我联系联系把我里面的牌友介绍给你吧，重婚罪几年？"

两人毫无重逢的浪漫，只有你来我往的互怼。

当沈先礼拦住一辆出租车，推着白玺童往车里进的时候，他朝停在马路另一边的洛天凡摆摆手，示意离开。

洛天凡隔着车窗看到那个车里，白玺童叽里呱啦地说着话，沈先礼笑得前仰后合，就好像一条马路隔着四季，那边是仲夏，这里是寒冬。

他抚了一下头发，轻轻地吸了口气，闭眼仰头靠在车座上，对司机说："走吧。"

沈先礼带着白玺童来到了滨江上的城市大桥。他站在八年前白玺童想要跳桥的地方，一旁橘色的桥顶灯把他的侧脸照得楚楚生怜。

他说："如果能回到过去，那一年，你还会不会求我带你走？"

"其实第一次在小巷遇到你，第二次你在这里救下我，都是精心策划的是不是？"

自从白玺童得知白昆山他们三人之间的关系，她其实就很想知道，沈先礼对自己究竟有几分真情几分假意，几分同病相怜的疼惜，又有几分殃及池鱼的憎恨。

可能连她自己都不知道，这才是她回来H市的理由。当时过境迁，她需要一个真相，无关白昆山，无关世仇，只有男女之间的红尘账。

时至今日，沈先礼已没有后顾之忧，也不再需要违心地隐瞒什么。他只是想跟白玺童在一起，哪怕只有几小时，几天，都好。

因为她从没认识过真正的自己，这让他觉得很遗憾。

"是啊，从一开始我就知道你是白昆山的女儿，我本不想把你牵扯进来。我跟在你后面，看着你被白勇追着打，和司远森谈恋爱，上学逃课，我真的有想过放过你。"

"那为什么没有？"

沈先礼沉默了。

为什么没有？是因为要拿她当人质威胁白昆山？还是要报复白昆山让他的女儿受苦？

好像都是，又好像都不是。

昨日之日不可留，纵有千般理由，万般假设，任他们谁也回不去了。

只能把过去的岁月当成前世今生，如果她能原谅，那么就是再续前缘。如果她不原谅，那么便只好再见珍重。

"哎，"沈先礼喊她，她看过来时，他郑重地对她说，"对不起。"

连白玺童都不知道听到这句道歉的时候，眼泪决堤。

她想潇洒地说，没关系啊，或是恶狠狠地骂回去，但话到嘴边，却只是让眼泪更汹涌。

最后她只是很没出息的"哇"的一声哭得好惨，沈先礼把她抱在怀里，头埋进她的头发，拼命地忍着，还是红了眼。

幸好她没看见。

他们并肩坐在月色下的城市大桥，第一次敞开心扉，像卸掉了负重的运动员，像扔掉了铠甲机枪的战士，风轻云淡地坐在一起。

她问他："这些年，吃了很多苦吧？"

"很不凑巧，没能如你所愿，我在里面整整打了六年牌，如今技艺纯熟，武艺超群。"

他们相视一笑，白玺童吸了吸鼻子，说道："其实把你送进去，我竟然一点都没有觉得有报复的快感，多奇怪，我明明觉得自己恨不得想扒了你的皮。"

"因为你觉得反倒被我利用了，让我躲过你亲爹的手下吧？"

"好啊！你果然是什么都知道，将计就计，还让我良心不安！"说着白玺童举起包包砸着沈先礼，他求饶，直喊疼。

但打了几下，白玺童突然悲从中来："这就算疼了吗？比起当年你对我的，不及十分之一。"

"这样你才能把我送进监狱，才能在我和你爸恶战的时候不遗余力地恨我啊。"

白玺童在等他的下一句话，那句，所以你才能不爱我。

但他没说。

月色真凉，像是能把白玺童的眼睛冻上冰霜。沈先礼撩了一缕她的头发，在手里把玩，绕在指尖转圈。

他说："这样的场景，我曾梦到过两次。一次以你把我推进江里惊醒，一次以你告诉我再婚告终。"

"你这是个连续梦，是有承接关系的。"白玺童从他手里把自己的头发扯回来，嘟着嘴看他。

"过得好吗？"

"好啊，怎么不好。我有颜有钱有人爱，你说好不好。"

"他对你好吗？"沈先礼刚说出这句话，话音还没落，就改口问，"想我吗？"

正好对上白玺童回答上一个问题，那个"嗯"，一下子不知道是对哪句的肯定。

沈先礼即便知道这是自欺欺人，但还是像奸计得逞的小孩，心满意足地笑了。

不管白玺童再怎么解释，他也都表示不算数，他已经知道了。

几个小时相处下来，白玺童只觉得是前所未有的安全感，于是她又放松下来，像个停不下来的话匣子。

"新加坡很好哦，没有冬天，一年四季穿短裙。我很有市场的，走在路上还有很多人要跟我拍照，别看我生了孩子，他们还很多当我是女大学生呢。"

白玺童自顾自地说，特别努力地跟沈先礼讲在没有他的这六年自己多么如鱼得水，像是对他的报复与惩罚。

"我们到了周末经常周边游。那歌怎么唱来着？泰国，新加坡，印度尼西亚……咖喱，肉骨茶，印尼九层塔……做SPA，放烟花，蒸桑拿……Coco，Pineapple，Mango mango……"

"什么鬼歌！"沈先礼看着白玺童欢快地唱着歌，用关爱智障儿童的眼神看她，但她索性蒙上他的眼睛，继续唱。

当沈先礼被蒙着眼睛听她唱歌的时候，突然好羡慕司远森，是他救活了白玺童的心吧，于是就觉得很沮丧与落寞。

白玺童没发现，依然坚持把这首歌唱完。然后干咳了两声，继续讲着这六年的开心事。

天已经蒙蒙亮了，这是沈先礼出狱后第一次看日出。当太阳的朝晖温暖着海岸线，波光粼粼的海面是橙红色的晕染，桥灯已渐渐熄灭，又是新的一天。

也是他新的人生。

他没有勇气问白玺童能不能重头来过，只是卑躬屈膝地求她："可不可以再多待几天？"

"大哥，你把我的护照都撕了，我倒是走得了啊。"

沈先礼拍了拍白玺童的肩膀，笑了。

却听到她说："等新护照的这几天，正好把手续办了。"

"什么手续？"

"我们离婚吧。"

第十三章
我恨，你是你，我是我

Part 1 ......

如果不是白玺童说到离婚，可能沈先礼都不记得他们现在还是已婚状态。

毕竟这么多年是是非非恩恩怨怨之下，那一个形单影只的小红本看起来实在没什么意义。

但时至今日没想到时过境迁后，它却成为这段感情的救命稻草。

出乎白玺童意料的，沈先礼竟有些大喜过望。

只是白玺童不知道，他高兴的不是她要跟他离婚，而是庆幸现在他们依然还是合法夫妻。

可在白玺童看来，他确实是在听到她说"我们离婚吧"之后，笑出声来。

不得不说，这让白玺童很不爽。

倒也不是说她自恋地以为沈先礼有多爱她，但至少这么多年的相处，难道听说要分道扬镳之后，不会难过一下吗？

白玺童心想，他果然是个没良心的冷血动物！

见白玺童脸色有微妙的变化，沈先礼摸了摸鼻子，又抹了一把脸，解释说

"别误会啊，我不是笑离婚的事。真不是。"

他越这么说，白玺童越觉得是此地无银三百两。于是沉不住气地上去就踹了沈先礼膝盖窝一脚。

这一脚不要紧，沈先礼一个没站住，打了几个晃，就掉下桥，一头栽进滨江里。

什么？！

这简直让白玺童措手不及，怎么办，怎么办，他会不会死啊！

然后白玺童着急地扒着桥上的栏杆往水里望，之间沈先礼先露出个头在水里扑腾，不到两分钟之后整个人就沉入江底了。

白玺童吓坏了，不知道该让路人下去救他，还是该先跑下桥，到两旁的辅路上等他。

清晨的城市大桥哪有什么车辆经过，更别说是路人了。她急得在机动车道中间站着也依然连个鬼影都没有。

最后没有办法只好先跑去辅路。

她一路跑着，一面担心着沈先礼的安危，一面又想起八年前的这里自己跳下城市大桥的情形。

如果当时没有沈先礼，自己肯定已经去和死神报到了。

她感同身受地想着沈先礼也正经受着滨江水的冰冷，那种感觉到现在还历历在目，她忍不住抱了抱自己已经因害怕而颤抖的身子，拼了命地跑。

好在当她跑到辅路上时，沈先礼已经安然无恙地躺在地上喘粗气了。

即便在死里逃生之后，他还是没有半点狼狈相，反倒像美人出浴般。

白玺童这才想起来，当初他都能救自己，怎么可能不会游泳！

自己真是脑袋坏掉了。

见沈先礼没事，她才松了一口气，不再是心急火燎的样子，装得无所谓似的，用脚面碰了碰他的小腿，见他看自己，随手指了一下立在五米处的告示牌。

"看见没？禁止野浴！"

沈先礼装虚弱，向白玺童勾了勾手指："你说什么，我听不清，耳朵里都是水，你离近点。"

然后白玺童蹲下身去，在他耳旁大喊："我说！禁止野浴……"

谁料话音还没落，沈先礼便一把拽住她的胳膊，她失去平衡倒在他湿哒哒的身上。她的鼻尖对着他的嘴唇，几乎是下意识的，他在上面轻轻啄了一下。

白玺童推开他："你干吗，光天化日之下耍流氓啊！"

"我亲一下自己老婆怎么叫耍流氓。"

"沈先礼我告诉你，请注意你的言谈举止和称呼，我充其量是你倒计时的前妻！"

"行行行，准前妻，你扶我一把总行了吧，怎么着真打算就这么让我躺这当陈列品了？回头晨练的大爷该把我给举报了，野浴正经罚二百块钱呢。"

"二百！二百还正经当钱呢？你脑子进水了吧，谁啊当初二百万两千万都不在话下的，威风何在啊？富三代！"

白玺童一边挖苦着沈先礼，一边扶他起来。

沈先礼打了一个趔趄之后，终于站定，借坡下驴地说："可不是吗，谁啊冤枉我吃牢饭，让我沈家都败落了。"

"怎么会，我看沈氏旗下哪个公司都开得好好的啊。你看，那艘船上不还印着泛海船运吗？我没记错这是你家的吧？"

视线以内正是印有泛海船运Logo的大船扬帆起航正驰骋水上。沈先礼第一次觉得这个子公司有点努力过头了，年终奖看来是给多了。

他干咳了两声，紧接着又打马虎眼："沈氏集团是沈氏集团，沈家是沈家，你不知道现在沈氏集团给洛天凡，改姓洛了吗？"

白玺童丈二和尚摸不着头脑，半信半疑地说：“新闻也没报道啊。”

“新闻？白玺童你这二愣子还拿新闻当回事！新闻还说你是韩国明星呢！”

“不是你这监狱待得挺与时俱进啊，娱乐新闻都门儿清吗？”

“你想试试吗？五星级酒店待遇，好吃好喝供着，怎么样？”

“不怎么样！”白玺童差点又被沈先礼打岔过去，峰回路转又接着问，“那沈氏集团易主，我也没听洛叔说起啊……”

沈先礼随口胡诌一句：“他一向为人低调。”

“也对……啊，那，那我那一半呢？”

“你哪一半？”

“我跟你，咱俩，咱俩不是夫妻吗？那离婚我不是得分走一半钱吗……”

“好啊，原来你还惦记着我们沈家的钱。可以啊白玺童，小看你了。”说着沈先礼弹了一下白玺童的脑瓜，疼得她龇牙咧嘴。

但她已经来不及分神到脑瓜崩儿的仇恨了，小跑跟在沈先礼身后，屁颠颠地追问：“说啊？我那沈少夫人那份洛叔是会划给我吧？”

“那你问你的好洛叔去呗，他大仁大义的，说不定整个沈氏集团都给你。”沈先礼优哉游哉地在前面走，说着话已经来到城市大桥边，张望着想要打出租车。

“洛叔说了算那就好办了，他应该能给我。”

沈先礼回了句“财迷”，就有一辆出租车停在他们面前，他拖着白玺童上了车，对师傅说去滨江区交警大队之后，又接着撩她。

“你昆山爹地的钱都能买沈家几个来回了，你还在乎这点啊。这么说来离了你是不是也得分我一半你继承来的白家的财产啊？我现在身无分文的，你来雪中送点炭呗。”

这回轮到白玺童打岔了，假装把注意力放在沈先礼的后半句话上，“你说什么？你身无分文？"

"可不么，刚不是跟你说了沈氏给洛天凡了，我一个刚出来的，你说我能有什么，沈宅都给抄了。我的沈少夫人！"

出租车司机不是多话的人，但听二人的交谈还是忍不住从后车镜里看了眼他们。这恰巧被沈先礼逮个正着，便指了指白玺童对司机说，"她现在起码有几百亿。"

白玺童顺势抓住他的手指就是一掰，沈先礼"嗷"了一声。

司机没出声，咽了咽口水，定了定神，猛踩着油门。终于到了滨江区交警大队，沈先礼临下车的时候要付车费，司机摆了摆手说不用了，您直接走吧。

沈先礼心想，还有这等好事，H市人民现在都这么大方了吗？但即便应着，还是塞了张百元大钞给司机，就和白玺童进交警大队的门了。

等他们走后，司机擦了擦一头的冷汗，看着尚早的天色冷清的四周，有点后怕。等到有一个小警察出来问他停在这里干吗，他赶忙说："刚才我车上的两个人好像是精神病，可能会危害市民。"

"啊？你怎么觉得他们是精神病的？"小警察有一搭没一搭地问。

"他们一路上都在讨论，什么家产，什么继承，哦哦那个小伙子还说旁边的小姑娘有几百亿。"

小警察自然不会当回事，只觉得这老头是没睡醒，于是连哄带骗地说："行我知道了大爷，我们会处理的，您该干吗干吗去吧。"

打发完出租车司机后，小警察回到交警大队，正好看到刚才司机描述的那两个传说中的精神病。

他上下打量一下，好奇地走过去，在一旁听着沈先礼要求调昨天晚上到今天凌晨城市大桥的监控录像，逻辑思维一点问题没有，心想果然还是那个司机大爷听差了。

小警察正要离开，听到当事的交警拒绝了沈先礼，很不耐烦地说："你说调就调？那八百万市民今天这个来，明天那个来，都要我调视频，我都给调，我这一天不用干别的事了。"

小警察本不想管，但无意间瞄到沈先礼递上来的身份证名字，又想到司机的话，几百亿，几百亿……一下反应过来，面前的人正是沈氏集团的小沈总啊。

他反应是真快，一把握住沈先礼的手，说道："小沈总，小沈总，不好意思我才认出您来，有失远迎，您放心我们一定照办，您在这稍等片刻，喝口水。"

沈先礼朝他使了个眼色，他便识相地办事去了。刚要走，又回头问了声，"小沈总，不知您调这监控录像有什么用？"

沈先礼坐在椅子上，跷着二郎腿，胳膊肘拄着膝盖，手托香腮，"她刚才把我从城市大桥上推下去，我要告她故意伤人。"

Part 2 ……

这一波君子报仇十分钟不晚，让白玺童猝不及防。

她赶快抓着小警察七嘴八舌地解释起来："警察同志啊，我伤人不假，但绝不是故意的啊，我只是踹了他一脚。没使劲，真没使劲。"

小警察搞不懂，沈先礼说要告她，那她不管是故意也好，不是故意也好，脚碰没碰到都无所谓，总之是没明天了。

所以小警察毫不含糊地叫来两个值班警察，一边一个就要把白玺童拿下。

沈先礼坐在一旁看好戏，看着小警察正义执法，大声呵斥她："你这小姑娘哪来的这么大胆子，敢对小沈总下手！你不知道他是谁吗？"

白玺童刚要开口，又被小警察抢话："再说了，不管他是谁，你也不能危及他人人身安全！"

见沈先礼笑着，白玺童怄着，小警察自觉自己做得对，锦上添花地审讯白玺童："你说，你为什么对小沈总动杀机，你是谁？"

小警察像是个两面人，面对白玺童时义正词严，转头到了沈先礼这边就点头哈腰赔着笑。

怎料白玺童百般无奈地说："你问他我是谁？"

然后沈先礼随手拿起放在旁边公椅上的宣传小册子，卷成一个小卷，起身啪啪敲了两个捏着白玺童手腕的警察。

说："她是沈少夫人，我老婆。"

此语一出，一片哗然，小警察也好，两个擒拿白玺童的警察也好，瞬间像泄了气的皮球，一脸委屈地看着沈先礼。

当然了，沈先礼也没为难他们，毕竟不知者不罪，便吩咐小警察去调视频了。小警察如得大赦，一溜烟跑了。

留着白玺童没好气地瞪着沈先礼，趁没人注意，从牙缝里挤着话，"沈先礼你等着！"

沈先礼如愿以偿拿到视频，他把从自己落水到白玺童花容失色地跑去马路上拦车的全过程，统统存进自己的手机里。

一路上拿出来看了不下五次，还把白玺童着急时候的囧相给截图保存下来做成表情包。白玺童使劲抢他的手机，无奈输在身高上。

最后挣扎无果，任他去吧。

沈先礼威胁她说："以后你要是让我不高兴，我就把这段视频送去给警察。我跟你说，这事可没完。"

然后他就又独自欣赏白玺童的路演了，笑得像个傻子。

通宵过后沈先礼还能有如此精神，白玺童实在是佩服，她困意正浓已经懒得搭理这个神经病了，只想着回家好好睡一觉。

她对着已经艳阳高照的天空眯着眼，蔫头耷脑地对沈先礼说："各回各家各找各妈吧，我可没精神在这陪你犯病了，我要回去睡觉。"

谁知沈先礼竟死皮赖脸地坐上白玺童打的出租车，娇小的白玺童哪推得动一米八几的他，只好被挤在车里毫无力度地抗议："沈先礼你下车，你跟着我干吗啊！"

"我都说了我现在没家，也身无分文，你是我老婆，不跟着你跟着谁？"

最后白玺童拧不过他，只好带他一起回庸会所，想到反正洛天凡跟沈先礼的关系，也不会有什么大碍的。

不知是巧合还是故意，洛天凡一整晚都没回庸会所。

只有沈先礼和白玺童两个人在这里独处，虽说庸会所比不上沈宅山顶别墅大，但沈宅多是林子，真正庭院的面积和别墅栋数其实远远不如这里。

虽说庸会所是洛天凡的，但沈先礼却从来没来过这里，一下子看什么还都有些新鲜。

白玺童觉得奇怪，看他一脸茫然的样子就问他："你没来过这？不是说这里都是达官显贵来的吗？你是不是身份不够啊？"

"开玩笑！小爷我是达官显贵吗？我是H市土皇帝，他们来这都是为了巴结权贵，而我就是权贵。"

沈先礼饶有兴致地拍打着楼梯扶手，东张西望。

末了白玺童随便指了一间房，说道："今晚你就住这间吧。"

"这就是你闺房啊，我参观参观。"说着沈先礼就溜溜达达地往白玺童介绍的房间走。

但白玺童在他身后很理所当然地说："谁说这是我闺房了，我住后面那栋。"

沈先礼一下停住脚步，回头看她，纳闷地说："你住后面那栋，然后让我住这？"

"是啊，有什么问题吗？你自己一人住一栋房子多宽敞。"

"我不要，我要跟你住一起，我害怕。"

白玺童头一次听到"害怕"这个词从沈先礼嘴里冒出来，感到无比新奇，故意臊他似的问："你说什么？我没听清。"

沈先礼揪住她的耳朵，运了口气在她耳边："我说，我害怕，行了吗？"

"哈哈哈哈，你走开好痒，你居然害怕，堂堂沈先礼居然怕自己住！你以为我三岁会信你吗？亏你说得出口。"

沈先礼在她耳边说话，那气搔得她耳朵眼好痒，马上缩做一团。

最后二人意见折中，沈先礼住进了白玺童隔壁房间。

一天一宿没睡，白玺童进了屋倒头就睡得天昏地暗。等到一觉起来方才入夜，想喝点水在房间里找了半天也没有，不得不出去外面弄一点。

路过沈先礼卧室的时候，从他门缝透出微光。白玺童轻轻一推门就开了，沈先礼侧卧着背对她，呼吸均匀。

以为他睡了，白玺童就伸手要关灯，谁知灯光刚灭，沈先礼声音悠远地说："别关。"

"你没睡？"

"不知道睡没睡着，像是做了梦又好像清醒着。"

沈先礼翻过身来，眼睛里很多红血丝，一看就是没有休息好。

白玺童走过去，沿着床边坐下。

她问他："真怕自己一个人住？开灯会好一些？"

"嗯，在里面的时候，每天一到时间就熄灯。那时候我住单间，家徒四壁，隔间很小，我两只手臂撑开就能摸到两边的墙壁。那感觉就像陷入深不见底的深渊，不知道什么时候能看到光。"

沈先礼抬起胳膊轻搭在眼睛上，讲着这六年里每一个夜晚的处境。

"那现在轮到我问你，恨我吗？"

白玺童拨开他的胳膊，看着他的眼睛。其实她根本就知道答案，但还是要问。

他们之间从来都是你来我往的伏击，彼此都有大仇已报的快感，又有于心不忍的愧疚。

而他说："我恨，你是你，我是我。"

房间太大了，一点响动都有回声，所以沈先礼的这句话久久回荡在屋子里。

谁又不是身不由己。

人在其位，无计可施，无路可退。

她踱步出门，站在门口没有回头，但字字句句问地清楚："你要不要过来和我一起睡？"

出乎沈先礼意料，听白玺童这么说，心里的那点阴霾一扫而空。他裹了裹身上那件真丝睡衣，全然一副小媳妇的模样。

"你是不是对我有什么非分之想？"他暧昧地盯着白玺童白花花的大腿看。

"想得美！你睡地上。"

说完白玺童就回房间了，沈先礼如获大赦，抱着一团被子紧跟其后。

到了房间，他随手把被子往地上一扔，身体呈人字形就躺在上面。白玺童问他盖什么，他揪住被边一滚，就把自己裹紧在被里，浑身上下只露出一个头和一双脚。

白玺童见状觉得好笑："你这样好像妃子坐凤鸾春车，哈哈哈哈……"

"请皇上笑纳。"沈先礼朝白玺童眨眨眼睛，在夜里特别明亮。

窗帘没关，窗户半开，微风趁着月色正好吹进来，沁人心脾。

八年前，当白玺童第一次见到沈先礼，她曾以为的场景就是这样。她不求能被奉若至宝，但至少能被好好对待。可是没有，只有数不尽的噩梦。

她摇了摇头，让自己别去想这些，都过去了。

而这时，沈先礼轻轻拉住她放在床边的手，嗫嚅地说："初次见面，我是沈先礼。"

白玺童探头过去，发现他已睡着，好久好久没有睡得这么好，他甚至有些微鼾，和钟表的摆针一样，若隐若现又很有频率，像是在提醒他们彼此这也许是缘分最后的倒计时。

她几乎一夜没睡，困意全无。手始终在沈先礼手里，她没抽出来，一个姿势保持了一整晚。

看着天色从黑到亮，经过思考她决定离开庸会所，既然沈先礼没有去处，那就把这里留给他当栖身之所吧。

而他们之间本就没有再相见的理由，只是尔辰……

沈先礼醒来的时候已经快到中午，即便睡在地上腰酸背痛，但心里却很开心。在恍惚间他有意识自己一直握着白玺童的手，他闻了闻，就好像上面还残留着她的香气。

但他环顾四周却没有白玺童，只在白玺童的枕头上留有一张字条。

她写着，就此别过，别来找我。

Part 3 ......

沈先礼拿起这张纸条的时候，走廊里传来一深一浅的脚步声，他就知道一定是洛天凡来了。

待洛天凡走进屋子，沈先礼也没有抬头，自顾自把白玺童留下的纸条折成纸飞机，轻轻向窗外一投，它便恣意地飞进春日里，没有回头。

心细如尘的洛天凡看到地板上的被子，若有所思地问："你们……怎么样了？"

"夫妻吵架当然是床头吵架床尾和。"其实他自己也不知道为什么这点小事要骗洛天凡，脱口而出故作轻松的话，也许正是他所期盼的。

听他这么说，洛天凡自然不会再多问什么，他不知道他们之间发生了什么事，但至少不是沈先礼说的那样，因为在回到庸会所之前，他就收到了白玺童的微信。

她说，洛叔，我搬走了，等我安顿好再联系你。

沈先礼在说谎，但君臣之间，从来就只有欺君之罪，却没有人拿君无戏言当回事。

洛天凡不敢拆穿沈先礼，只得配合演出，问他："那您以后都回庸会所住了吗？"

"再说吧。"

之后在沈先礼梳洗的时候，洛天凡就最近沈氏集团的近况向他汇报了一番。如今H市已经是沈家一支独大，没有了白昆山，沈氏便是海阔凭鱼跃，没什么值得沈先礼费神的。

他的心思全然没在这些生意上，听洛天凡说到沈氏才忽然想起从前跟白玺童说的，于是打断了洛天凡。

"那个，对了，我跟白玺童说现在沈氏给你了哈，你记得对她的口径，我就是身无分文。"

洛天凡点了点头，也绝不多问一句。

这时沈先礼已经收拾得差不多了，随手穿上一件衬衫就要出门。在白玺童还没拿到新护照之前，他要把她绑在身边。

想就此别过？怎么可能！

在沈先礼离开庸会所之后，洛天凡站在原地盯着地上的被子，猛地想起沈先礼扔出去的纸飞机，便不顾腿疾，一瘸一拐地跑下楼。

四下翻了半天，终于在一处灌木丛缝隙里找到它。

他小心翼翼地展开纸飞机，上面是他熟悉的白玺童的字体。

当他看到"就此别过，别来找我"的时候，松了口气。

然后他揉了揉太阳穴，在正午的光斑中，只觉得有些目眩。

而另一边沈先礼刚走到楼下就接到电话，是谷从雪打来报告白玺童的行踪。

她说："小沈总，少夫人刚刚在槐北北路那边的水墨林苑小区看中一户公寓，正在跟房东谈。"

"地址发我。"

"好的，不过也许少夫人不一定会成功买下来。对方好像不太愿意卖，只是想短期出租。"

沈先礼觉得这简直是无稽之谈，随口吩咐谷从雪："你联系一下，给他高于市场的价格，但别让少夫人知道。"

"是，小沈总。"

谷从雪领命找到房东交涉，豪气地一掷千金，当房东听说高于市场价的时候，还以为她是故意来捣乱的，没好气地就要走。

直到谷从雪亮出自己沈氏集团秘书长的身份牌时，房东才接受了这天上掉馅饼的美事，二话不说就当场打电话给白玺童，说是卖给她了。

白玺童哪里知道这里面有沈先礼的插手，只以为是房东想通了，开开心心地划给房东三百万，一次性付清房款。

要说这栋水墨林苑的公寓房子有多好，其实并没有。尤其是在住惯了沈宅山顶别墅和庸会所之后，这里对于白玺童而言更是小庙一座。

只是当她一想到要在H市有个家，就想起多年前，当她在沈家的时候，那天和司远森的偶遇。

就是在这里，司远森给她勾勒出一个家的形象。

而被她买来的这户，就是司远森随手指的那家，连自家门口的小院里的凉亭都一如当初。

那是她第一次有了对家的概念，所以她要实现它。就像人们对初恋的执念，永远是"六宫粉黛无颜色"的偏爱。

办完一切手续，她拿到钥匙回家已经夜幕四起。

她为了尽快入住，马不停蹄地跑银行，一整天下来都没有好好吃一顿饭，只有拿一块巧克力充饥。到了晚上，巧克力也消耗掉所有的能量。

她只觉得饿得前胸贴后背的，于是在小区门口随手买了包辛拉面，想着一会大概也只能将就了。

但让她没想到的是，当她走进小院，看见沈先礼穿着单薄的衬衫，搓着手坐在入户台阶上。

"你，你你你怎么在这！"白玺童惊讶得泡面都掉在了地上。

沈先礼弓着腰帮她拾起泡面，看了眼辛拉面的字样，一脸嫌弃道："下次买红烧牛肉面，我不爱吃辣的。"

白玺童一把把拉面从他手里抽出来，虎视眈眈地说："我买什么关你什么事，我不是告诉你别来找我吗？"

"我本来还想给你做火锅的，看来有些人是没有口福了。"说罢，沈先礼起身拍拍屁股上的灰，拎起散落在地上的锅和食材就要走。

白玺童眼尖，目光一下锁定在火锅底料上。吞了吞口水，不得不向恶势力低头，很没出息地说："那吃完再走吧。"

就这样沈先礼顺利通关，进入白玺童新家，美其名曰"来暖房"。

十指不沾阳春水的沈先礼，没想到做起火锅来有模有样。

他先把新西兰羊骨放在大锅煮沸，换水之后便开始小火慢炖上。也不管白玺童已经在旁边嗷嗷叫唤，坚持要保证品质。

其实对此他早有目的，来之前他就查好了天气预报，八点钟之后就会天降暴雨。到了那时……嘿嘿，白玺童怎好狠心地把他推进雨里。

所以他选炖羊汤做锅底，既能用美食俘获白玺童的胃，又能成功蹭住。

在等羊汤期间，沈先礼手脚麻利地备菜，上海青、茼蒿、娃娃菜、番茄、粉丝、海带、土豆、白萝卜、红薯、蟹棒、午餐肉、羊肉片、贡丸、虾滑、鸭肠等菜品种类齐全。

白玺童看着一碟碟端上桌的菜已经忍不住开始吃起生的来，又跑来厨房拿起火锅底料，嘴里哼唱着"老子吃火锅，你吃火锅底料……对你笑呵呵，因为我讲礼貌……"

这不禁挑战了沈先礼的听觉神经，从上次的《咖喱咖喱》到今天的《火锅底料》，他真想问问白玺童最近新加坡歌坛都流行些什么曲风，怎么这么一言难尽。

他最终听不下去了，点开手机里的曲库，一首悠扬的小提琴曲缓缓奏起，配着羊汤发出的咕嘟咕嘟的声音，沈先礼望向窗外，气氛正好，只差一场春雨。

见此状，白玺童还不乐意呢，手疾眼快地按了暂停键，上下打量沈先礼。

沈先礼看她挑衅的样子，反手就搂住她，两个人在不大的厨房嬉闹起来。白玺童一边笑一边大声送上震耳欲聋的神曲"我们不一样！每个人都有不同的境遇！"

和沈先礼的小提琴协奏曲摆在一起，真是要多诙谐有多诙谐。

说说笑笑的，两个小时也就那么过去了。白玺童实在太饿了，从汤炖上的第一个小时后，每十分钟她就尝一块小羊骨，终于熬到软烂，她如愿坐在了饭桌前。

大雨如期而至，沈先礼露出奸计得逞的微笑，而白玺童根本无暇顾及，只想着如何把面前这一大锅山珍海味全倒进肚子里去。

他们对面而坐，火锅的热气模糊了彼此的脸，看着白玺童高频率地伸筷子，吃得腮帮子都鼓起来，很满足的样子。

原来这个姑娘这么轻易就可以觉得开心。

原来一个真正的家是这个样子。

其实明知不可能会有那么一天，但沈先礼在这一刻真的太进入角色了，他说："我们买只狗养在院子里，好不好？"

如果没有抬头，看见正说着话的沈先礼，白玺童可能会以为这句话是从司远森嘴里说出来的。

像养狗育儿这种事，怎么可能会是沈先礼关注的。能进他眼里的，从来都只是家业，集团，交易。呼风唤雨的他，对谁不是呼之即来挥之即去。

没想到，他会提议养狗这件小事。

白玺童不知道的是，养狗事小，和她一起有个家，才是他心里的大事。

幸好她够清醒，准确无误地回答他："这是我家，没有我们。"

火锅已经被风卷残云般吃得所剩无几，锅里还冒着泡。窗外的地上也冒着泡，大雨下得越发瓢泼。

这时尔辰打来视频电话，白玺童示意沈先礼不要出声，就开开心心地接通了。

电话那头，是司远森抱着尔辰坐在他们新加坡家里的地毯上，他软糯糯地叫着妈妈，司远森讲着尔辰在幼儿园里发生的趣事，三个人隔着电话笑成一团。

他们才是一家人。

沈先礼点燃一支烟，说道："以后我就住这了。"

还等不到白玺童反驳，司远森先警觉地惊问："是谁？"

Part 4 ……

面对司远森和尔辰的一脸狐疑，白玺童手忙脚乱地挂掉电话。

听着白玺童前言不搭后语的话，他就知道刚刚电话里隐约传来的男人说话声绝不是幻觉。

视频被白玺童挂断，手机屏黑下来。司远森多希望是信号不好，她会马上就打回来。他按下屏幕让手机亮起来，然后再倒数着看它再次暗下去。

但电话却始终没有再响起。

这样的行为白玺童也曾做过，那是八年前的情人节，她进入沈先礼家的第二天，删掉司远森的第一天。

总有些人是命中注定也躲不过的劫难，即便用尽洪荒之力，搭上半条性命和运气，也依然会如期相遇，然后陷入万劫不复。

就像白玺童之于司远森，就像沈先礼之于白玺童。

这边，白玺童正在因为刚刚沈先礼乱入视频的事情，跟他怄气。

沈先礼更是不知道这莫须有的罪名从何而来，怎么他明明是名正言顺的丈夫，反倒现在要藏着掖着的，是不是拿错身份证了。

见白玺童半天不说话，沈先礼弹了弹烟灰，又用左手扇了扇火锅烟。

继而问她："我有件事想问问您老，就您老这么生气，无非就是怕视频那边那俩小兔崽子知道你跟我在一起呗，怎么着，这俩人谁能制裁你？"

"什么制裁我？你根本就不该出现在这里，你不知道吗？"白玺童特别讨厌沈先礼这种先声夺人的态度，明明是他不守规矩嘛。

"我怎么不该出现在这里？论身份，我可是你法律上的丈夫，你承认吗？论道理，我是你允许进来的，你刚刚火锅吃正嗨的时候，可没说我不该出现啊。"

"沈先礼，我记得你以前没这么多话啊，怎么现在话这么多！"

"那你看，以前我说一不二，哪还用说第二句话。现在不一样了，我长篇大论的，你这不还觉得我说得不对吗。"

白玺童被怼得竟然无言以对，她挠了挠头，发现好像还真是这么个道理。

既然都说不过他了，白玺童也懒得再和他纠缠，直接就下逐客令。

沈先礼当然不肯走，哪怕白玺童都站在他身边踹着他椅子，他也始终坐得稳稳当当的。

不仅如此，他还一口咬定，要住在这里。

"沈先礼，你现在怎么跟个癞皮狗似的，你凭什么赖在我家不走？！我都把庸会所让给你了，你又不是没地方住。干吗非在这跟我添堵。"

"说到庸会所，我严重怀疑你是故意的，是不是洛天凡早就告诉你他要关闭庸会所？"

"什么？庸会所关闭了？我不是把钥匙留给你了吗？"

"你给我那钥匙根本打不开，洛天凡锁了大门。"

白玺童一边纳闷说着怎么可能，一边拨通了洛天凡电话想一探究竟。但沈先礼怎么可能打无准备之仗，他早就让洛天凡关机了。

不出所料，白玺童扑了个空。虽然没办法跟洛天凡核实，但她依然没有留下他的打算。

可沈先礼指了指电闪雷鸣的窗外说："你就这么狠心让我在这大雨天露宿街头啊。"

白玺童才不会相信他沈先礼会露宿街头，瘦死的骆驼比马大，暂且别说他究竟是不是真的身无分文，但至少凭这张脸凭这张有他名字的身份证，随便去哪里还是能混得过去的。

所以她摆明了不吃这套，生撵也要把他撵走。

好在沈先礼留了一手，张口就设计她："来你先回答我，你现在跟刚才视频里那小子什么关系？"

白玺童故作镇定地以白眼相送。

他又问："还有那个更小的小子是谁的种？"

白玺童还是不出声，以沉默回答所有的问题。

最后他三连击："前几天你还说了要去跟我离婚，这说明什么，你婚内跟别的男人在新加坡共同生活，连孩子都有了。这是重婚罪啊，我的少夫人。"

这简直是将了白玺童一军，她如果否认和司远森的关系，那么根本不能解释尔辰的身世。事到如今她宁愿让沈先礼误会，也不想让他有任何怀疑尔辰是自己儿子的机会。

所以她闭口不谈。

沈先礼见这招奏效，还以为自己戳中了白玺童的要害，继续威逼利诱，拿出手机播放出前几日在城市大桥白玺童不小心把他踹下去的监控录像。

"重婚罪加故意伤人罪，你难道不觉得应该摆正态度来求我放过你吗？"

终于白玺童气急败坏地说："沈先礼，你不当律师真是屈才了！"

"过奖过奖，一屋不扫何以扫天下，我先管好你，再去管芸芸众生吧。"

"那你想怎么样？"白玺童说不过他，只好退让，双方来谈条件。

沈先礼见事情有了转机，把握时机，狮子大开口，其实他原本只是想能住一晚是一晚，但既然白玺童都缴械投降了，自己自然会当仁不让。

于是他让白玺童拿来纸笔："我们来做个交易吧，等价交换，怎么样？"

白玺童点点头，让他继续说下去。

"故意伤人罪，我要跟你兑换离婚前的房屋居住权。也就是说，你住哪，我住哪。我可以不跟你住在同一房间，但必须同一个房子。直到离婚为止。"

"行，我答应。"白玺童干脆地同意了，因为她掐指一算，离婚可比重新领护照快多了，明天一早就去离，忍他一个晚上就行。

但沈先礼岂会做亏本的买卖，紧接着就放出了撒手锏："至于这重婚罪嘛，我就要要求离婚日期的定夺权。一年内，只有我说什么时候想离了，我们才能去办手续。"

"沈、先、礼！"

白玺童炸毛了，这分明是霸王条款，难道他一直不想放过自己，那就要跟他共处一年吗？这绝对不行！

沈先礼正是有十拿九稳的把握才提出来，他安排好了一切，就等着白玺童乖乖上钩。

假装绅士地说："你可以考虑一晚上再给我做答复。"

这一夜，两人分居两屋，倒是也都睡得酣畅。

连续睡了两晚地上的沈先礼一早起来托着老腰暗自心疼自己一秒，好好的沈宅山顶别墅不享受，非得跑来遭这份罪。

白玺童，我真是欠你的。

而白玺童还觉得不乐意呢，一边刷牙还一边在想怎么甩掉这个癞皮狗。

沈先礼一推厕所门就开了，恰巧白玺童在里面如厕。这可遂了沈先礼的意了，他玩心大发地就要拿手机拍她的上厕所照片。

好在厕所小，白玺童腿长，一个飞腿就把沈先礼从门缝里挤了出去。

隔着门大喊："变态！你用厕所都不敲门吗？"

"谁知道你在里面，我还想问你呢，上厕所都不锁门吗？"

"我在我自己家上厕所为什么要锁门？"

"说得太好了，离婚之前，你的任何财产都是夫妻双方共有的。那么我请问你，我在自己家要上厕所，为什么要敲门？"

在唇枪舌剑之间，白玺童已上完厕所，开门就对沈先礼继续发动攻击。

"好，在门上的事情扯平。你干吗拿手机拍我上厕所照片，你变态啊！"

"我总得给自己下次跟你交易积累点素材吧。"这句话沈先礼说得倒是很小声，但还是被白玺童听到了。

"素材？交易？你还想在我这交易些什么？你们沈家是不是跳蚤市场摆摊出身？怎么竟想着物物交换这种事。"

"那可不一定，说不定交易个厕所优先使用权什么的。"

"你把手机拿来！快拿来！"白玺童一边揪着沈先礼的胳膊，一边蹦跳着抢手机。

而沈先礼一直强调自己没拍到，但就是无论如何都不让白玺童检查，这更让白玺童觉得他的手机里有不可告人的秘密。

好在这时，白玺童的手机响了，是护照办理处的人打来的，说让她三天后去取新护照。

办证效率这么快倒是出乎白玺童的意料，她不免计从中来，扔下沈先礼，一溜小跑回到自己的卧室。

她问护照办理处的人："大姐我想问个问题，假如我在国内做了不好的事去了新加坡，那警察同志会去新加坡把我抓回来吗？"

办证处大姐明显是憋了憋笑，好不容易才忍住，最后极有专业素养地说了句："不会，除非是惊天大案。"

得到这个答案的白玺童就放心了，心想着大不了等三天之后就飞回新加坡了，什么重婚不重婚的，反正也没人抓她去。于是对沈先礼隔空大喊着答应他了。

却不知道这边沈先礼的手机也正收到谷从雪的微信：小沈总，护照管理处的安排已落实。

　　而远在遥远的东南亚，司远森一夜没睡，醒来的第一件事就是抱起正揉着眼睛的尔辰。

　　"儿子，我们回中国去找妈妈好不好？"

第十四章
你缺失的爱，我都给你

Part 1 ......

白玺童认定自己还有三天就可以离开H市，离开沈先礼，感到无比快乐。

既然沈先礼那边摆明了不会轻易就跟她离婚，那么还不如不再跟他纠缠，反正横竖三天之后她拿到新护照就能飞回新加坡跟儿子团聚，大不了约定期限一年后再回来离了便是。

所以，在她大笔一挥跟沈先礼签好同居协议后，就要出门放飞自己，享受故乡的春日。

H市近郊有一处名为镜水澜的地方。

白玺童之前从没听任何人提起过，只是读中学的时候学校组织春游，她坐在大巴车里看到高速路上有这个地名的指示牌。觉得名字好听，便记住了。

当她有想要郊游的想法时，一下子就想到了这里。

装了一包饼干，一块巧克力，一瓶水和零零碎碎的一些小东西后，她便上路了。

虽说是近郊，但因为镜水澜实在不怎么出名，白玺童连问了三辆出租车，司机都不知道。

正在白玺童一筹莫展的时候，她想起来可以用打车软件，她注明到达地点，那么接单的司机就一定是知道路线的。

于是她拿出手机下单，满心欢喜地等着，五分钟过去了，却迟迟没有人接单。

正在她一筹莫展时，一辆黑色的马自达停到她旁边，司机降下副驾驶的车窗。白玺童以为是叫来的车，就顺理成章地凑了上去。

"师傅，您是接我单的车主吗？"

她把头探进车窗一半，逆光的司机看不清脸，听声音感觉像是一个四十岁左右的中年男人。

对方操着浓重的口音，不大像本地人，只是他连声称这就是白玺童订的车，她也就没多想坐进了车里。

车子启动，司机张口便问："小姑娘，要去哪？"

白玺童心想在叫车软件里明明写得一清二楚啊，怎么司机全然一副不知道的样子。可即使心里疑惑，还是回答了他，"镜水澜"。

"哦，镜水澜啊。好的。"

"师傅您知道镜水澜？"白玺童有点意外还有点惊喜，这么多人，终于遇到一个知道地方的人吗？

司机一只手拧开一瓶矿泉水，一边咚咚咚地喝了起来，半瓶水下肚后说："知道啊，我老婆就是镜水澜的。"

真巧，居然让她遇到了轻车熟路的司机。可正在她窃喜的时候，手机弹出一个提示，显示说因为太久没有司机接单，她提出的订车单已失效。

司机用余光看到她在看手机上面的这条信息，赶忙解释。

"哦哦，这个软件啊，经常出毛病。上次也是，一对小两口坐我的车去游乐场，在他们手机里显示已付款。我这边就一直转啊转啊的，我想着没事就走了，结果没到账我白白跑一趟。"

白玺童半信半疑，但车已经开在路上了，见司机如此笃定，她也就不再说什么。

一路上司机的嘴就没停过，先是问她："小姑娘，你之前有没有去过镜水澜呀，那地方可美了。有湖有树林的。"

"没去过。"

"那怎么想起去那里了？探亲？"

白玺童不知道怎么解释，只好摇了摇头没说话。

车子一转眼就驶出了城。高楼越来越少，取而代之的是三三两两的小平房散落在道路两旁。而公路也换成了土道，一颠一颠的。

随着人越来越少，旁边也不见别的车经过，白玺童只觉得有点心慌，忐忑不安的情绪随之而来，总有不好的预感。

这时，车已经行驶了两个多小时，阳光逐渐收起锋芒。天色渐晚，估计一个小时内，就会全暗下来。

白玺童有点打退堂鼓，想了想决定改变主意。

"师傅，我们掉头回H市吧，镜水澜我先不去了。"

司机像听到了什么不得了的话似的，大声训斥白玺童："你这小姑娘，这不是玩人吗，我都开到这了，眼看就要到了，你说要回去，哪有你这样的嘛！"

他说这话的时候，脚下一直没放松，猛踩油门，只觉得车比刚才更快了。

白玺童见情况不妙，明显这其中有诈，她于是更加坚定地要掉头："师傅我给你三倍，不五倍的价钱，现在就回去。"

但司机依然不松口，还示意白玺童来看自己的油表。

"你看我现在即使想回去，剩这么点油也回不去了，肯定会扔半路。这样吧，前面有一个加油站，好歹让我加点油我们再回去吧。"

没有别的办法，白玺童只好默许司机的提议。

但又过了一个小时，始终没有遇到一个加油站。白玺童意识到可能有危险，但又不敢直接反抗，只能不动声色地想办法。

她从倒车镜看到后面有一辆Minicooper，便把手机调至手电筒模式，假装伸胳膊出去兜风，实则在照后车，希望能给他暗号，救自己。

太阳已经彻底下山，直到连余晖都不剩，白玺童的心一点一点感到绝望。

天色已晚，白玺童看不清后面车里的司机，更不知道他是真的没看到自己的求救信号，还是怕徒生事端不愿意出手搭救。

这时司机警觉地跟她说："你把胳膊拿进来，不安全。"

她没辙，也不敢打草惊蛇只好听命，并不停地追问："怎么还没有加油站。"

司机不回答，车内的沉默让空气更加冰冷。

一个急拐弯，车在一个小路岔道口拐了进去，驶进茂密的森林中，道路变得很狭窄，两旁的树木看不清样子，只是高耸入云黑压压的一片，树影让四周显得更阴森。

车，终于停了。

白玺童从包里摸出一面小镜子攥在手中，以备不时之需。

她机警地观察着司机的一举一动，在他解开安全带的时候，趁其不备，她以迅雷不及掩耳之势打开车门，一步跨出。

好在后面的Minicooper因为路窄不能超车，也跟着停下来。

她用比小时候在运动会参加百米赛跑时还快的速度，冲向Minicooper，然后疯狂地敲打着车窗玻璃。后面的黑车司机已经追上来，她感觉自己就快要窒息了。

她一只手拉着紧锁的车门，终于在司机快要抓到她的时候，车门开了。

不管车里坐的人是男是女，是好人是歹徒，她顾不了那么多了，这是她仅有的逃生机会。

于是她近乎跳进车，关上车门的刹那大口大口地喘着粗气，甚至都来不及看清楚搭救者，只用手捂住脸，不停地说着："快走快走。"

但Minicooper不仅没有开动，反倒传来又一次关门声。

身边的男人从驾驶位下了车，揪住追上来的司机，重重地就是一拳招呼过去。白玺童尖叫着，想下去帮忙，却又因为害怕而迈不开腿，只是惊慌失措地叫着。

车外，两人厮打在一起，她只看得到他们的背影，直到男人把司机揍得起不来身，才放过他。

那一刻白玺童第一次见识什么叫英雄救美，感动得恨不得以身相许。

然而就在这时，男人走回Minicooper的车灯前，即便额头上有一点点血迹，也有一些因为混战而粘上的泥土，白玺童却清晰地看到了他的脸。

"沈先礼？！"

怎么会是他？

白玺童来不及思考沈先礼是从哪里冒出来的，甚至都以为是不是自己出现了幻觉。只是她一见是他便下车，一个箭步冲过去扶住他。

在他们回到车里后，沈先礼也始终一言未发，定了定神，就发动车子开走了。留下黑车司机躺在血泊里咿咿呀呀。

然后沈先礼打通了110，用低沉的声音说："在距离镜水澜将近三公里的岔路口，一辆黑车司机欲对女乘客图谋不轨，已被我制服，你们速来。"

这也许是沈先礼在白玺童心里最光辉的时刻，惩恶扬善，像是电影里的英雄般，在危难时挺身而出。

白玺童第一次冒星星眼，觉得沈先礼，真帅。

只是他们不知道在刚刚浴血奋战的战场，倒地不起的黑车司机也拨通了110。

他说的是："警察同志啊，你可快来救救我吧，一个乘客坐车不给钱，她同伙还把我打伤！哎哟我的妈呀，疼死我了。"

看样子，他们今晚是回不去H市了，但是，有了沈先礼在身边，白玺童就觉得有了安全感。

一刻钟后，根据车里的导航显示，他们已经到了目的地镜水澜。村里路灯稀少，到了天黑连个人影都没有，顺着灯光，他们找到一间民宿。

沈先礼让白玺童先在车里等着，自己前去敲门询问。

来开门的是一个七十来岁的老奶奶，她披着一件薄毛衣来开门，眼睛有些不太灵光似的，见有来人还特意戴了副老花镜。

看着沈先礼流着血的脸，又害怕又担心地问："小伙子，你这是……"

"老奶奶，您这有房间吗？我们想住店。"

"嗯……有，有，你快进来吧。这是怎么了啊孩子？"一面迎沈先礼进门，一面喊着她女儿，"大春啊，快出来，拿医药箱！快！"

经过半晌的折腾，沈先礼和白玺童终于回到房间，房子虽然老旧但一尘不染，还有好闻的檀香。

见沈先礼平静些了，白玺童这才问他："你怎么会跟来？"

"我们说好了的，你住哪，我住哪。"

Part 2 ......

那晚白玺童醒了三次，担心着沈先礼的伤势，每隔几小时就借着手机屏幕微弱的光，检查一下看包扎伤口的纱布有没有渗血。

而他，没有一点动静，一觉睡到天亮。

这是六年来他们第一次躺在一张床上，往事如烟，回首已是百年。

清晨的时候，一只鸟停在半开的窗边，叽叽喳喳地叫着，白玺童被这叫声叫醒，还没睁开眼就已闻到桃花香。

她没动，怕吵醒沈先礼，只静静地看着他的侧脸。

沈先礼的鼻子长得很挺拔，平时白玺童还没注意，但当他仰面睡着时，鼻梁随着均匀的呼吸而微微有起伏，像是连绵的山脉。

她下意识地摸了摸自己的鼻子，相比之间像是平面的一般。她努了努嘴，又拿出手机播出了尔辰的鼻子，还好他鼻子遗传了爸爸。

白玺童想尔辰了，来H市已经有半个月之久，之前从没有和他分开这么长时间。

看着眼前和尔辰略有相似的沈先礼的脸，不知道算是聊以自慰的，还是算是睹物思人。只是每一次在她想生沈先礼的气的时候，联想到尔辰，就会缓和下来。

沈先礼曾让她失去一个孩子，而尔辰则成了他们之间的恩怨两清。

就在这时，楼下传来很大声的喧哗，一连串的脚步声，像是来了很多人。听不清他们在说什么，但其中一个男人的声音特别大，又吵又嚷的。

沈先礼也听到了声音，皱了皱眉，叹口气，随口问白玺童："几点了？"

"六点十五。"

他伸了个懒腰，睁眼先看到了天花板，竖起耳朵听楼下在吵什么。想起昨晚的店主是年事已高的老奶奶，恐有人生什么事端，就赶快起身简单地穿好衣服下楼去了。

白玺童也一起来到客厅，眼前的一幕却让她惊呆了。

客厅的沙发上坐着的那个正在吵嚷的男人，正是昨晚的黑车司机。

他脸上挂着彩，左脸颊肿得好高，胳膊也绑着绷带，整个人看起来像是遭了什么劫难一般。

旁边的老奶奶心疼地看着他，抹着眼泪。而她的女儿大春则一边摩挲着他的肩膀，一边呜咽着："是谁下手这么重，好端端的，怎么能说打人就打人。"

这时黑车司机看到站在楼梯口的他们，猛然起身，手指着沈先礼，紧张地大喊："就是他！警察同志就是他把我打成这个样子！"

此话一出，整个屋子都乱了套了，大春愣了几秒钟之后拿起手边的扫帚就在沈先礼的背上抽打着，老奶奶怕他们再打起来，赶紧在后面拖着女儿。

警察一见这阵仗，赶快出来调停。

原来这都是一场误会。

白玺童以为他图谋不轨，才弃车逃跑，刚好遇到沈先礼，自然出手相救。

另一边呢，黑车司机以为她坐霸王车，还有同伙帮忙，莫名其妙挨了一顿揍。

但白玺童一口咬定他有问题，理由是他根本没接单，就假装是自己订的车。

黑车司机辩解道："姑娘啊，我就是个拉黑活儿的，不容易。我看到你站路边，就寻思问问你去哪，反正你也是要打车，那我能多跑一趟，就多跑一趟赚点钱啊。"

"那为什么我说要回去，你就是不回去？"

"我这不也寻思顺便就回家看看我媳妇了嘛……"

"那你突然停在半路怎么解释？！"

黑车司机长叹了一口气，后面的警察帮他洗清了罪名，帮忙解释说："他车没油了，我们到的时候，才叫拖车公司拖走。"

随后出去了解情况的警察回来报告说，黑车司机在附近的口碑很好，热心助人并没有违法乱纪的前科。

众人这才信了他说的话。

这时他自己觉得委屈起来，无缘无故被打了一顿，警察还由此发现了他开黑车，要罚钱，吊销车牌。四十岁的大男人就这么呜呜地哭起来。

沈先礼和白玺童交换了眼神，知道是自己行事鲁莽闯了祸，于是从钱包里拿出两千块钱给警察，说道："他的罚款，我替他交了。"

警察问黑车司机："那你们是私了啊，还是人我带回警局？"

"什么私了不私了的，都是误会，他们也不是有意的，算了吧，怪我自己倒霉。"然后起身跟警察说，"辛苦警察同志了，回头我会去交警那边处理车的，您回吧。"

警察走了，剩下一屋子人面面相觑。

沈先礼什么时候认过错，但心里只觉得对不住这个老实人。于是他用脚碰了碰白玺童，示意她帮着赔礼道歉。

白玺童也心里不好受，毕竟事情因自己而起，上前诚心诚意地赔不是："大哥，对不起，您看我一个小姑娘，荒山野岭的只以为遇到坏人了，给您造成这样的麻烦真是抱歉。"

"没事啊孩子，别往心里去。我这两天半就好了，没事没事。"然后他猛然想起罚金是沈先礼给的，转向他说："小伙子，刚刚罚金是你垫付的哈，一会我让我媳妇去银行取来给你。"

"不用不用，应该我们付罚金。"

正说着话，老奶奶从厨房端着一锅粥走出来，叫大家吃饭。

沈先礼和白玺童觉得不好意思，便打算上楼收拾好东西就走人。但这一家人极力让他们吃口热乎饭，盛情难却之下，他们也就坐下来了。

饭桌上，司机大哥还热情地跟他们攀谈起来："小姑娘，你不是说来玩的吗，后面有个镜澜湖，很漂亮，你们吃了早饭可以去看看。一会再带两个馒头走，天气好中午就野餐了。"

白玺童连连点头，司机大哥如此不计前嫌的，心里更觉得过意不去。

沈先礼问他："大哥，你这开黑车，多少年了？"

"哎呀，有五六年了吧。大春你记得吗？就是小石头上小学那年，到现在可不是六年了吗。"

"这么久了？"

一旁的大春说："是啊，儿子上小学开销大，种地根本不够，我们村很多人跑去工地做工，他舍不得我和儿子，想着开车还能常回来。就借钱买了这辆二手车，去拉活。"

"那怎么不直接开出租车呢？"

白玺童捅了捅沈先礼，小声说："你傻啊，出租车多贵啊！"

司机大哥和他老婆听完笑了笑，不好意思地说："是啊，就这七万块买的马自达，我们还去年才把债还清呢。本以为今年开始就好了，结果……唉……"

生活就是这样，有人能为一个十几万的包买单的时候，就有人在为生计发愁，有人能为一顿米其林餐厅晚饭消费三千的时候，就有人在为柴米贵节衣缩食。

世界的不公平，沈先礼从未体会。但白玺童想到曾经在白勇家的日子，只觉得感同身受。六年来的锦衣玉食几乎都要让她忘记了当初的凄风楚雨。

用过早餐之后，司机大哥担心他们找不到镜澜湖，自告奋勇地带路。

他们出门才发现门口栽满了桃树，难怪早上就闻到了桃花香。

十里桃树正开花，淡粉色的桃树林恍若仙境，一阵微风撩起，便是一地落英缤纷。

他们穿过桃树林，司机大哥跟他们说："我们家是种桃子的，再过些日子就结果子了，有的时候收成好，那大桃子有这么老大！等结果的，你们再来，随便吃。"

说着他比画着桃子的大小，结果注意力全在跟他们描绘上，不小心撞到了树干。大家笑作一团，连素来不喜与人亲近的沈先礼都笑了。

此前他从来没接触过平凡的人们，在他的世界里全是衣冠楚楚的上流人士，人们笑也是别有用心，在习惯了钩心斗角之后，倒是这样一个朴实的人，让沈先礼整个人都放松下来。

等带他们到了镜澜湖，司机大哥便自己先走了。

湖区一个人都没有，整座湖被桃花树围住，花瓣落在湖面上，像是粉红色的星星，明艳的银河中只有他们两个人。

也许是因为司机大哥一家人，让白玺童又想起当年受穷的日子。所以她主动聊起那个不堪回首的童年。

"我小时候过得不好，特别穷，白勇是送海鲜的，我们每天就只有臭鱼烂虾，剩下的嘛，一定是不新鲜的，每次吃都有腥味，我就给管它们叫海不鲜。"

沈先礼听到"海不鲜"这个词，只觉得好搞笑，所以全然没感受到她的难过，反倒自顾自地傻笑着。

白玺童也不恼，现在听这个词，造得很傻，便也跟着笑起来。

笑过之后，她接着说："其实穷也没什么，我从不羡慕其他同学穿漂亮衣服，我只是想有个妈妈，不，我是想有亲生父母。我从来没见过他，但自从知道他后，却总是想到他。"

"谁？"

"白昆山。我就幻想，如果我一直在他身边长大，我的童年，我的人生会不会不一样。"

沈先礼拍了拍她的肩膀，一下，两下，三下。他觉得愧对于她，不管白昆山多么罪大恶极，但是他剥夺了白玺童拥有父爱的权利和机会。

他说："你生命里缺失的爱，我给你。"

Part 3 ......

二人说着话，不远处山洞口的草丛里却有窸窸窣窣的响动，半人高的杂草波动着，也不知是什么东西在里面。

沈先礼敏捷地起身，把白玺童护在身后，踮着脚远远地望向那边。

白玺童又害怕又好奇，一面拽着沈先礼的衣袖，一面探头探脑地想看个究竟。

她紧张地问他："是不是什么猛兽？狗熊？狼？！"

"哪有什么狗熊什么狼，你以为这里是动物园啊。说不定就是只小野兔吧。"虽然他故作镇定，但说这话的时候眼睛从没离开过草丛半刻。

他从那草丛的波动幅度来看，知道一定是体型略大的东西。

他说："我先过去看看，你在这等着吧。"

"别去了，说不定真是猛兽。"说着，白玺童拉着他就要往回走。

不知道是故意想要在白玺童面前逞能，还是真的也很好奇，总之沈先礼就是要去。

阻拦无用，白玺童顺手在地上捡了一根树枝给沈先礼当武器。他笑这么个小树枝连野兔都打不晕。不过还是接过树枝，并用打火机点燃了枝头，待火烧旺，他便去了。

白玺童在他身后问他："要是你真有危险怎么办？"

"你要是见我十分钟还没有出来，那我多半是英勇就义了，你就跑吧。"

沈先礼说得轻飘飘，白玺童恨他这种时候还开玩笑，又担心又生气地在原地坐立不安。

而沈先礼生怕打草惊蛇，更怕惹毛了猛兽，走得小心翼翼。

越来越接近目标时，他的心跳就越来越快，真是不知道自己有什么好逞能的。但事已至此也只好硬着头皮了，他回头，看到正在注视着他的白玺童，便向她摆了摆手。

然后，攥了攥手里的树枝，希望在紧要关头，这火种能救自己一命。

汗水大颗大颗地从他的发梢跌落地上。

他伸出手臂，撩开杂草，只见一个穿着破旧的军大衣的背影，弓着身子像是在拔草。而她周身散发出来的臭气连草的芬芳都遮掩不住，好多小虫子对着臭气趋之若鹜，就像是眼前有一个巨大的垃圾箱。

沈先礼见是一个人，也就没那么害怕了。但这时这个衣衫褴褛乞丐相的人却也好像意识到有人来了一样，猛起身，眼神中满是恐惧，和沈先礼对视。

然后，她像是疯了一样一边揪着满头横生的乱发，一边大喊着"啊啊啊啊啊啊"，丢下手中的工具就往山洞的方向跑。

在她起步的时候，沈先礼吓了一跳，不小心把树枝上的火碰到衬衫上，幸好他眼明手快，赶快脱掉衬衫，踩在脚下把火给扑灭了，才不至于被烧伤，但也因此跟丢了那个人。

远处，白玺童听到有人大叫，由于距离太远，她也听不清是谁，只以为是沈先礼，便把他之前的叮嘱全部都抛到脑后，不管不顾地就向着他奔了过去。

等她找到沈先礼时，只见他光着膀子喘着粗气，这画面……

"你，你在干吗？"白玺童搞不清楚这是什么情况。

白玺童拎过衬衫，仔仔细细地看了，一脸疑惑。

"刚才这有个大活人，一见我像见了鬼似的跑了，吓得我把树枝上的火碰到了衣服上。"

一听说是人，尤其被沈先礼形容得像野人一般，又勾起来白玺童的好奇，要去山洞一探究竟。

沈先礼由着她胡闹，跟她往山洞走去。

这并不是一个太大的山洞，洞口高也就不过三米，一眼望去里面也不算深，阳光正好照进洞里，虽不太明亮，但也看得一清二楚。

地上散落着一些极为简单的农具，少量的野菜在旁边，墙角还有一个竹篮，里面一个空碗。而在山洞最里面，是一人长的稻草堆，上面还躺着一个小人偶布娃娃。

在这空无一人的山洞里，明显有着人类居住的环境，让他们更笃定了这一定就是刚才那个人的住处。

白玺童要进去，沈先礼拦了她一下，"你这样不请自来不好吧，算不算私闯民宅？"

"我只稍稍看一眼就好，你放心，她的野菜我一定不带走一根！"

说罢就大摇大摆地进去了。山洞里还弥漫着酸臭味，并不好闻，她捂了捂鼻子，拿起那个草堆上的布偶娃娃。

就在这时，那个野人突然冲进来，直奔白玺童，沈先礼疏于防范根本没料到她会这样杀进来，看着她扑向白玺童，恐白玺童受到伤害，紧急中抄起一个脚边的石块就向她掷去。

大石块不偏不倚正中靶心，她应声倒地。

沈先礼跑过去护住白玺童，这突如其来的人着实把白玺童吓得不轻，她在沈先礼怀里，下意识搂紧了布偶娃娃。

而野人伏在地上，还不停地匍匐着，嘴里说着："我的孩子，把我的孩子还给我。"

白玺童见状，才明白她是见到她动了那个布偶娃娃，才冲过来的。于是白玺童嘴里说着对不起对不起，一面把布偶轻手轻脚地放回她身边。

野人流着泪把布偶娃娃抱在怀里，那无助的样子，让白玺童看着很心酸，自己的莽撞给别人带来了困扰，让她觉得很抱歉。

沈先礼恐多生事端，对白玺童说："我们走吧。"

白玺童被他带着往洞口一点点走去，但眼神依旧看着这个野人。不知道为什么，虽然没看清她的长相，但总觉得有一种莫名的熟悉。

就在他们快要离开的时候，白玺童注意到那个布偶头发上绑着一个女孩子用的头花。

她清楚地记得，她也曾经有过一个，是她六岁时的生日礼物，因为是人生中第一次收到生日礼物，所以记得格外真切，但后来却不见了，她为此找了很久，哭了好几次。

"等等！"

白玺童叫住沈先礼，不顾安危地跟野人抢起那个布偶娃娃。野人大叫着，声嘶力竭。

沈先礼不知道白玺童要干吗，来不及反应，只好一边帮忙抢，一边气急败坏地吼白玺童。

"这么个破娃娃你抢什么，你要我给你买去啊，怎么跟个小孩似的，净看别人家的东西好！"

白玺童把头花从布偶身上摘下，背后还有着当年她怕丢，所以在蝴蝶结的边角上写了个小小的"白"字，如今这个字依然在。

她颤抖着声音，走近野人，仔仔细细地看着她的脸问："你究竟是谁？"

野人并不是精神病，她只是常年一个人住在这深山老林里，所以防备心特别强，与人沟通能力又特别差。

她看得出白玺童认得这头花，所以她那张狼狈不堪的脸上表情复杂，压抑着期待和惊喜，不敢给自己太大的希望，又好似在回忆着什么过往和什么人一般。

她嘴唇动了动，没有发出声音，又吞了口唾沫，末了抿了抿嘴，却始终没有说话。

274

白玺童拨开她那凌乱而又肮脏的头发，让她露出清晰的脸庞。

那张脸似曾相识，却好像又被尘封在记忆深处已久。她的名字好像就在嘴边，但又怎么都说不上来。

沈先礼更是丈二和尚摸不着头脑，但见这两个人都像是在确认什么惊天地泣鬼神的事情，他即使觉得搞笑，也不敢打扰了这强大的气氛。

但当白玺童在看野人的脸的时候，她像是怕被她发现一样，在回过神来之后，便要往外逃，连刚刚舍命拼抢的布偶娃娃都不顾了。

可白玺童死死地拉着她，直到白玺童被她拖得一个踉跄，她才停下，白玺童激动地再次问她："你认得我，对不对？"

Part 4 ......

她停下了脚步，回头望向白玺童的时候，已经泪如雨下。

野人小心地问："你是，童童吗？"

白玺童的判断没错，她果然认得自己，这份熟悉感是越过了身份相貌而存在的记忆。

像是小时候不认得路，但一看到转角的那棵树，就知道到家了。甚至都说不上它和别的树哪里不一样，但就是知道就是这棵。

白玺童点了点头说："是我。你……"

"童童，我是大姐啊。"

大姐，这个在白玺童阴暗童年里唯一的太阳，这个沈先礼和白乐萍口口声声说是她幻想出来的人，现在活生生站在眼前，犹如庄生梦蝶，说不清什么才是真相。

白玺童愣住，松开了抓住她的那只手，努力回想大姐的样子，记忆碎片开始拼凑，每一个场景都历历在目，记忆中人的脸却好模糊。

她恨自己想不起来，拼命地捂住像是要爆炸的头。嘴里重复着："大姐，大姐……"

沈先礼拦下不停敲击自己头的白玺童，心疼地看着她，冷静地审问这个自称是白玺童"大姐"的人。

"白家只有两姐妹，哪里来的大姐，你假冒她，有什么目的？"

面对沈先礼的问题，她不知道怎么回答，是啊，这个世界早就遗忘了她，如果不是今天见到自己朝思暮想的妹妹，她自己都不曾记得那段前世。

运气从不会平均分配，对于那些深陷苦难的人，有的人迎来了时来运转，就当是命运的补偿。但也有些人只是从一个火坑跳进另一个深渊，看不到尽头。

而她早就练就了屈服于命运的本事，从不曾妄想会有转机，所以她说："你们走吧。"

但白玺童怎么肯就此作罢，如果眼前的人真的是自己的大姐，如果大姐真的确有其人，那她便有了亲人，长姐如母，她想有个家。

白玺童不肯走，问她："你叫什么名字？"

"白乐瑶。童童，你不记得大姐了吗？"

白玺童确实记不清这个名字了，毕竟记忆中大姐还在的时候，她还不过是几岁的小孩子，怎么可能直唤姐姐的名字，只记得叫着"大姐"。

白玺童走到白乐瑶身边，她的脸上始终挂着泪，白玺童用她的泪抹去了那些污垢，她的脸跟白乐萍好像，都是一样的丹凤眼。

"如果你是我大姐，那她为什么说从来就没有你这个人？"

"谁？你说白乐萍吗？"

"你认得她？"

"在我离家出走后，偷偷回去过一次学校，我看见那时她已经顶着我的身份在上学了。那个家已经没有我值得留恋的了，有个人愿意当我，那就随她去吧。"

白乐瑶说这话的时候目光缥缈，像是在讲述着别人的故事。

"你……不是跳江了吗？所以你并没有死，也不是后来他们说的白乐萍？"

"我跳江后，被人救起，便没有了再死一次的勇气。但既然大家都以为我死了，我也正好离开白勇，想去过新的人生。"

"那你为什么现在……"

"你是问我为什么现在过得这样人不人，鬼不鬼的吗？"

白乐瑶有些顾影自怜地抚着自己的脸，她知道现如今自己的样子，狼狈不堪。她深吸了一口气，开始讲述那漫长的故事。

从跳江开始说起，那天她被好心人救起，当她有气无力地瘫在沙滩上，像是在鬼门关里走一遭，重返人间便只想过好往后的人生。若她命不该绝，是不是有可以幸福的权利。

她怕留在H市早晚被白勇找到，身上又没有钱，只好一路乞讨，一路走，就这样走了五六天，最后阴差阳错到了镜水澜。

这路上她遇到想对她图谋不轨的流浪汉不计其数，好在她都一一化险为夷。支撑她走到镜水澜，已经是浑身上下最后一丝力气。

她跌在一户人家门口，昏迷不醒，一睡就是三天三夜。

这户人家姓裘，请了村里的大夫来帮她看病，给她买药，给她吃饭。她感激不尽，最后决定留在裘家帮忙做些家务也好，只求给她口饭吃，一个住处。

裘家人看她生得白白净净，自己家贫，正愁儿子裘明讨不到媳妇，见白乐瑶有心报恩，也勤劳懂事，便顺理成章说了这门亲事，娶进家门。

但其他人对这个外来人并不友好，对她的过往也总有猜测，时间一长一些不好的流言就传遍了整个村子。裘家人世世代代在村里生活，老实本分却也思想守旧。

那些流言，令裘明难以接受。他大发雷霆，因此大吵了一场，还惊动了裘家父母。

他们没有阻止裘明，反而羞辱了她一顿。

这些击碎了她想要重新好好活着的求生欲。她果然还是该去死的。

于是她夺门而出跑去镜澜湖，裘明跟在身后，却在黑暗中不小心跌入湖中，不谙水性的他，丧命湖中。那天离他们新婚不过一个月。

这件事后，裘家视她为害死裘明的扫把星，把她扫地出门。

此时的她已经在村里传遍了恶名，她只好暂且躲进这个山洞，一个月后月信迟迟不来，她怀孕了。

不堪回想那艰难的十月怀胎又无人照顾，她是怎么熬过来的。也许是求生的本能，也许是为人母的信念，她硬是把孩子生下来了，当听着婴儿第一声啼哭的时候，那瞬间的喜悦转为对他未来的担忧。

几天后，住在村口的那家人无意间发现了她，而刚好那家妻子没有生育能力，便提出抚养这个孩子，让他有一个完整的家，但前提是白乐瑶以后绝不能去看孩子。

人各有命，自己的一生已是满目疮痍，她不想孩子也如此。所以她忍痛把孩子交到这对夫妻手上，第一次也是最后一次，唤了声"儿子"，从此再不是母子。

那之后，她便守在这个山洞里，只为远远地能看上儿子一眼。收养儿子那户人家的老母亲人很善良，时常偷偷给她送些饭菜来，但为了避免尴尬，也从不打照面。

但白乐瑶知道她的长相，于是当她带孩子来这附近的时候，山洞位居高地，能隐约看到孩子的轮廓。这便是她留在这里苟活于世的寄托。

白玺童听得落泪，大姐吃了这么多的苦，计当妹妹的很是心疼。于是白玺童不再有怀疑，也不在乎她是不是满身泥垢，抱住她，就像小时候在她怀里一样。

"大姐，苦日子过去了，以后有我呢，我们在一起，就像小时候一样，你就是我的家，我就是你的孩子。"

说罢，白玺童执意要带白乐瑶回去，沈先礼见她们姐妹相认也没再多说什么，就算有万般顾虑，千般疑惑，以后再做打算吧。

他们先把白乐瑶带回民宿，要给她梳洗一番，再返回H市。

白玺童特别开心，她生命中最重要的大姐失而复得，让她欢呼雀跃。她像儿时一样挽着白乐瑶的胳膊，蹦蹦跳跳的，没有丝毫陌生感，跟她忆起童年来。

但白乐瑶神色却有点不太对，也许是太多年没有进过村子，在山洞里，她已经十几年没有和人打过交道，对外面世界的恐惧，和对村里人的忌惮，让她心事重重。

但有白玺童在，她就不怕了。

当她走到民宿跟前的时候，有些恍惚，像是担心什么似的左顾右盼，确定几次之后才同他们进去。

白玺童只当她是觉得自己脏，怕别人指责她，一个劲在旁边打保证，肯定没人会赶走她。

事实如此，民宿里没有人在客厅，司机大哥和他妻子大概下地干活去了，老奶奶锅里煮着汤，自己在卧室打盹。

白玺童轻声喊了她两声，也只有鼾声回应。

所以他们便径直带白乐瑶回了房间，沈先礼留在客厅抽烟，白玺童把白乐瑶放在浴缸里。起初白乐瑶还很不好意思，但白玺童执意帮忙，盛情难却之下也就从了。

看得出，白乐瑶少说也有一个冬天没有洗澡。一浴盆的水，她刚一坐进去，水就黑了。她不好意思地说："童童你还是出去吧，我自己能行。"

但白玺童担心她一个人搞不定，于是忙前忙后地不觉得有什么不妥。两姐妹在尴尬的气氛中终于洗完澡，已是累得人仰马翻。

白玺童去找了一套衣服来，她穿上后，又好好打扮了一番，虽然骨瘦如柴，皮肤也终年没有保养，但到底是美人底子，现在看来依然很美。

等整理过罢，白玺童拉着白乐瑶走下楼，来到大厅。沈先礼坐在沙发上，见她们下来，便起身把两人沙发让给她们两姐妹并肩坐。

白乐瑶很久没坐过沙发了，甚至都不知道这十几年来家具变化的花样，所以她小心翼翼地一点点坐下，生怕弄坏了似的。

就在这时，锅鸣笛了，老奶奶闻声惊醒，慌忙跑来关火。见民宿来了客人，便热情地倒了杯水来。

谁知当她看到白乐瑶的时候，突然怔住，水杯也从手里滑落，摔在脚边，碎了一地。

"怎么……怎么会是你！"

Part 5 ......

见老奶奶有如此大的反应，白玺童和沈先礼面面相觑不知道怎么一回事，只有白乐瑶看似镇定，她缓缓起身，道了声"老人家好"，声音里有细微的惊慌。

其实从到民宿门前的时候，白乐瑶就在心里猜测这里是不是抚养自己儿子的那家人，但十几年过去了，她也不确定

谁知真这么巧，竟阴差阳错地撞上了。也许是命运安排，在她离开之前能见

一面亲生骨肉，能在他的面前，让他看上生母一眼。

但老奶奶显然不清楚这事情的原委，还以为白乐瑶是来要回孩子的，吓得颤颤巍巍地缩成了一团。

她一脸的无助，像是几岁的孩子，眼泪渗进皱纹里，那双不再明亮的眼睛黯淡无光。她用手揉了揉已经耷拉的眼皮，它像一层布罩住了满是悲伤的眼神。

她无助地说："姑娘啊，我们不是说好了，你永远不会来认孩子的吗。我们小石头马上小学就毕业了，如果你现在把他带走，他……他怎么念书啊。那孩子很聪明，我们都盼着他考大学呢……"

老奶奶说着话，眼看着就要气力不足，站都站不稳。白玺童赶忙起身扶住她。

白玺童听完二人的对话，联系之前白乐瑶讲的那些往事，多少心里也有数了，这个民宿一家多半就是要走了大姐儿子的人。

她只想到母子情深，以为当初姐姐将儿子送与他人是迫不得已，今有幸相见，又有自己帮衬，那么再要回去也未尝不可。

听老奶奶那么说，还以为她是在担心白乐瑶没有养育孩子的能力，便好心安慰她。

"老奶奶您放心，她是我姐姐，那孩子就是我亲外甥，我可以给他提供最好的教育资源，确保他衣食无忧。"

这么一来可不得了了，老奶奶笃定了他们是来要孩子的，整个人都瘫了，一大把年纪了让人好心疼。

老奶奶哭着，慌得根本不知道说什么好，只认定今天外孙怕是留不住了，呜咽着："小石头啊，呜呜呜，我的外孙啊……我的孩子啊……呜呜呜……"

白玺童也于心不忍，没想到自己原本是想让老奶奶放心的一句话，反倒更让她激动了，于是尴尬地继续说，想缓和一下情绪。

"对不起对不起，您别哭了，我们会时长带小石头回来看您的。对了，我还会补偿给你们钱，多少都行！"

但老奶奶岂是贪图富贵之辈，对她而言小石头虽然不是亲血脉，但从襁褓里到现在，这十年的养育，早就让他们难舍难分。

"我不要钱，呜呜呜……我不要，我只要我外孙……"

这时，久久没有开口的白乐瑶，一边紧攥着手，因为极力地控制自己的情绪，她的手指甲都深深地抠进肉里，她咬了咬嘴唇，原本就不怎么红润的唇就更加惨白。

她说："老人家您放心，我不是来带儿子走的，也没有想来相认。只是我妹妹要带我来梳洗一番，却不想是您家。"

听她这么说，老奶奶如释重负，停住了呜咽，满怀希望地看着白乐瑶："姑娘，你说的是真的吗？"

白乐瑶点了点头，竟跪了下来。众人见了忙上前想要扶她起身，但她拒绝了，说有话要说。

"我非常感谢您一家对孩子的照顾，您经常来偷偷给我送饭，又带孩子来山洞边玩，就是为了让我看上一眼。每一次我看到您对孩子无微不至的照顾和孩子的开心，我都在感恩您家。"

老奶奶握着白乐瑶的手，眼泪掉到她手上，一边扶她起来，一边说："你命苦，现在总算找到亲人了，往后就过好日子去吧。等孩子长大成人了，我会让他去看你的。"

白乐瑶忍着泪，说："从我把他给你们带走那一刻，我就没有这个儿子了，他是你们家的孩子，这便是他的家，他的命。"

然后她硬挤出一个笑，继续说："老人家，我就告辞了，免得一会遇到大家尴尬，以后孩子就拜托你们了。"

说着她就要出门，白玺童在后面叫着她："大姐，你去哪，要走我们也一起走。"

她回眸说："童童，我在路边等你，你们收拾好了就来。"

之后她头也不回地就要走。

可就在这时，门口响起一串笑声，一个十一二岁的小男孩，戴着一顶白色的鸭舌帽，拉开拉门，大声喊着。

"姥姥我回来了！啊啊啊啊啊外面热死了，太阳好大，快给我些冰水来！今天老师请假没来，我不用写作业喽！哇哈哈哈，我正好约了柱子去抓蝌蚪。"

小石头兴奋地跑进屋，一头撞到白乐瑶，才意识到家里来了客人，又嘟囔了一句："这两天生意这么好吗，好多客人。"

但房间里的其他人都屏住了呼吸，所有人都既期待又担心地看着白乐瑶。

可她没有说话，只是怔怔地和小石头面对面站着，彼此都不说一句话。

还是老奶奶打破了僵局，她定了定神，跟外孙说："石头，这是你……"

她话还没说完就被白乐瑶打断了："我是你远房姨妈，住在隔壁村，顺路来看看你姥姥。"

小石头一听是家里来的亲戚，见人倒是很热情，有礼貌地叫着："姨妈好！我怎么不知道咱家还有这么漂亮的亲戚！"

白乐瑶第一次如此近距离地看清儿子，这么多年过去了，她早就记不清裘明的样子，甚至连自己的脸也已生疏，所以当看到儿子的时候，她多希望能想得起，他的眉眼里藏着谁的影子。

是的，连这个都没有。

儿子在自己眼前，像是阴暗的山洞里照进了久违的光。

白乐瑶缓缓举起手，想要摸摸他的头，但停在半空中却不敢落下，尴尬地隔着空气晃了晃，然后她便走了，近乎夺门而出。

白玺童怕她出什么意外，便紧跟过去，嘱咐沈先礼断后，就也离开了。

他们走后，空气突然安静下来。不明所以的小石头问老奶奶："姥姥，姨妈这是怎么了？是我刚才说错什么话，让她不高兴了吗？"

"没有，姨妈，她只是想家，回她家去了。"

"那她以后还会来吗？要不你带我哪天去她家串门好不好？我还挺喜欢她的，她长得真漂亮，比我见过的所有人都漂亮。"

小石头向白乐瑶离开的方向，看了两眼。

沈先礼走到他跟前，蹲下跟他说："等你长大了，就去看姨妈。"

"那多大才算长大呢？我明年就上初中了，中学生够大吗？"

"上大学才叫大，你看大学大学，是不是一听就很大。"说完这么幼稚的话，沈先礼自己都苦笑了起来，但没想到却奏效了，小石头很开心。

然后又恢复了进门时的神采，满屋飞奔："哦……哦……我要上大学……上！大！学！"

老奶奶见外孙活跃起来，也跟着心情舒缓了不少。沈先礼简单收拾了东西，就跟老奶奶说再见了。

临走的时候，老奶奶送他出门，叮嘱道："前面那条山路不好走，孩子啊慢点开车。"

沈先礼应了声"好"。

老奶奶又朝着他的背影喊了句："过几个月桃树就结果了，来吃桃。"

他没有回答，但高高举起了手，向着老奶奶挥了挥手，就开着车绝尘而去。

路边白乐瑶伏在白玺童肩膀上哭泣，沈先礼的Minicooper停下，他打开了天窗，让春风灌进车里，然后点燃了一支烟，对着白云朵朵吐着烟圈。

时间恍若静止，在十分钟或是十年里，不过是弹指一挥间。

生活是会继续的，人们都会往前跑，然后像忘了过往一样，总会连自己都忘了。干干净净，一尘不染地拾好心情，重新出发。

一支烟过后，沈先礼对她们说："走吧，我们回家。"

第二天，老奶奶的民宿来了一个女人，给他们送来五十万，让司机大哥买一辆正规出租车，还说以后他们有什么需要就联系她。

名片上印着：沈氏集团秘书长谷从雪。

而沈先礼和白家两姐妹回到水墨林苑，沈先礼也已经安排好了隔壁的房子给白乐瑶住。

白玺童不明所以，还说沈先礼是多此一举，家里好几间空房间，她住这里就好了嘛。

但沈先礼说："大姐她自己住那么久，怎么适应跟你住，你像个泼猴似的。"

白乐瑶也笑了笑，她岂会不了解沈先礼的心思，识趣地说："是啊，就按妹夫的安排吧。"

沈先礼一听妹夫，笑开了花，人人都叫他"小沈总"，就连白勇和白乐萍也没有人敢这么攀关系，所以他连声答应，喜不自胜。

白玺童飞来就是一脚，让他少臭美。

回到新房子里，白乐瑶问："童童，你可不可以留下来，不要回新加坡？"

第十五章
有备而来，宣告主权

Part 1 ......

白乐瑶问这话的时候，半开的窗户外正微微地吹起晚来风，恰好门前的槐树稀稀疏疏地开起了槐花，一时间满屋飘香。

白玺童听在耳朵里，那句"你可不可以留下来"让她忽然有了恍如隔世的感觉，就连这槐花都适时地场景还原，让她的思绪一下子就回到十几年前。

而那时，白勇那二层的房子窗边刚好就有一株槐树，枝繁叶茂。

她记得自己在六七岁的时候，有段时期每晚都做噩梦，明明枕着一床的槐花香本该是一觉美梦到天亮，但偏偏总在凌晨的时候会被噩梦吓醒。

有时是妖魔鬼怪追着她跑，还伸出很多触角像是鱿鱼须般，吸住她的皮肤，让她每一个毛细孔都不寒而栗，伴随着摩擦感和吸力让她整个人都不舒服。

有时又变成债主，那些债主拿着切西瓜一样的片刀堵到家门口，狠狠地用刀砍着大门，而她就站在门边，透进来的刀刃差一厘米就要砍到她的鼻尖。

一次次，她被惊醒，冒着一身冷汗，坐在黑暗里。就连槐花香也幽幽地让她觉得浑身不自在。

她试图喊着姐姐，空荡荡的屋子里没有人回答，就连白勇的鼾声也消失了。

娇小的她穿着白睡裙下床找姐姐，寻遍了房子也不见踪影，看着镜子里自己若隐若现的影子更是吓得魂飞魄散。

那时的她还太小，根本不知道白乐瑶去哪了，一边哭一边喊着她，等睡醒了也就不大记得晚上的事情究竟是真是假。

依稀记得有几次记住了，去问白乐瑶晚上怎么不在家，白乐瑶只温柔地把她抱在怀里，哄她说是她睡糊涂了，自己一直就在她身边。

白玺童当时信了很久，直到有次她在楼下小朋友家和小朋友一起喝了她父母的一杯咖啡，晚上就怎么也睡不着，静静地躺在被窝里数绵羊。

不知过了多久，她清楚地看到，黑暗里，白乐瑶和白勇蹑手蹑脚地开门出去了。她想不明白姐姐去哪里了，为什么要说谎。

第二天临睡前，白乐瑶给她讲着豌豆公主的故事，白玺童问她："大姐，你可不可以留下来？"

第三天临睡前，缩进被窝里看着刚洗完澡出来的白乐瑶，问她："大姐，今天你一整晚都会在家吗？"

第四天临睡前，她俩并排睡着，月光把被子上的小花照得晶亮，她问她："大姐，我怕，不要留我一个人睡好不好？"

……

时过境迁，已是多年，当年噩梦带来的恐惧感已经不再，但渴望白乐瑶在身边的感觉却历历在目。

所以当当年自己的乞求从白乐瑶嘴里说出来的时候，她只觉得感同身受，那是怎么样期待着有一个人可以相依为伴，那是怎么样担忧着自己去面对暗无天日的深渊。

白玺童蹲下身来，握住坐在床边的白乐瑶的手："大姐，你放心，我不会让你一个人的。我带你去新加坡，开始新的生活。"

但白乐瑶抽出了自己的手，反过来覆在白玺童的手上，十几年来的风餐露宿让她的手掌都变得粗糙，粗糙到都有点感受不到白玺童细皮嫩肉的手背。

她攥了攥白玺童的手，但又怕弄疼她而很快松开。

在一紧一松间，她咬着唇，噙着泪，嗫嚅道："童童，我哪里也不想去，我离开了十二年，现在就想在这里。我不能成为你的累赘，你自己走吧，不用担心我。"

看着大姐如此，明明年纪不大，却因为终年的凄风楚雨而像个小老太太一般。都说长姐如母，她怎么忍心弃她而去。

这久别重逢的喜悦背后，是一寸一寸混杂着心疼和心如刀割。

手机屏亮了，嗡嗡地震了两下。

打断了白玺童的思路和感伤，拿出手机看到沈先礼发来的微信：不如我煮碗面给你吃啊?

也好，让她有时间考虑考虑未来的打算。

白乐瑶经过这两天翻天覆地的巨变已经筋疲力尽，谢绝了宵夜的邀约，早早便睡了。

剩下白玺童自己走回家，刚一出姐姐家的门，就看到隔壁院子里沈先礼站在门前剪槐树枝。

虽然他个子高，但距离槐树还是有着身高差，白玺童真搞不懂他这大晚上兴师动众地搬来梯子在这里折花是要闹哪样。

即便如此，她还是下意识地帮他扶梯子，仰着头觑着眼看他："不是说煮面吗? 面呢? "

沈先礼也不回话，捏着枝槐树枝就下了梯子，大步走进屋子，白玺童收了他用过的手套、钳子什么的，跟着进了屋。

一进屋，热气腾腾的面摆在餐桌上，上面撒了点葱花和肉末碎，白玺童刚要动筷，沈先礼一步跨上前，抢过筷子，嘴里说着"哎！等会儿等会儿"，然后将几朵洗干净的槐花置于面汤上，浸了水的槐花舒展开来，花瓣更大了，被热汤润出比外面还香的芬芳。

"好了，尝尝。"沈先礼像小孩子一样站在旁边等待着作业成绩，白老师凑近碗边，吸了一下鼻子，面香葱花香肉香混着槐花香，一撮槐花一下冲散了肉腻，只觉像是站在十里春风间。

槐花面真好吃，比她吃过的所有的面都好吃，至少这一刻她是这么觉得。

白玺童吃得很满足，连汤都喝得不剩，最后只有几朵槐花留在碗边，不仔细看还以为是碗上自带的花纹。

她问沈先礼："你怎么自己不来点？"

"你没看都几点了，体重还要不要？你以为我是你啊，那小子叫你什么来着？大猪？"

"滚！你才大猪呢！谁会取这么不可爱的名字。"白玺童把刚擦过嘴的纸巾团丢到沈先礼肩膀，又弹在地上，说着，"人家叫大胖儿，什么大猪！"

沈先礼一边弓着身子捡起纸团，一边小声说着："大猪也挺好的，我们之间还没有特殊称号呢。"

白玺童看着沈先礼这副小媳妇儿样，乘胜追击："哟，万花丛中过的小沈总也有吃醋的一天吗？"

沈先礼说："好像这是第一次，有了别人有，而我没有的感觉。"

"什么？"

"给你起个专属外号。"

"沈先礼，你真是病得不轻，去找你宋同学看看去吧，早治疗早痊愈。"

"就像你现在已经得以救治了一样是吗？病友。"

等二人吵到口干舌燥的时候，达成共识偃旗息鼓，相视无言，一个抖着腿，一个出着神。

时间一分一秒地踱着步，带走了槐花香，留下一屋的静谧。

这时，沈先礼突然说："总觉得这种时候好像差点什么？"然后摸着脑袋思考着。

几秒之后俩人异口同声地说："蝉鸣！"

然后就都哈哈大笑着，不知是为了共同的童心未泯，还是只是单纯地为了"共同"。

"等蝉出来的时候，你都已经在新加坡跟那些小老鼠般大的蟑螂团聚了。"

"哪来的蟑螂跟老鼠一样大，动画片看多了吧沈儿童。"腿抖累了，白玺童直接把腿搁到椅子上，盘腿打坐起来，"再说……我不走了。"

"你不走了？到底是舍不得我吧。"沈先礼听到这个消息非常开心，做作地用手抹了一下头发，留出六十度的侧脸给白玺童，顺便扬了扬眉毛，以示魅力值。

但白玺童很不吃这一套的，摆了沈先礼一道："自然是离婚了。"

一瞬间，沈先礼就从刚刚的神采奕奕变成垂头丧气，从吃面以来的良好气氛全毁了。

其实白玺童自己也不知道为什么脱口而出的是这个理由，离婚这件事她根本就没过脑子，毕竟她没有什么其他的心思，更何况，她在新加坡这几年也完全不觉得那一张离婚证书有什么意义。

但沈先礼在乎。

从半个月前两人再见面起，沈先礼真的像是改头换面了，他不再是那个颐指气使的沈宅的主人，更像是守在心爱女人身边的平凡男人。

一个没有傲气、没有脾气的男人。

沈先礼起身，走到离白玺童远一点的地方，站在窗口点燃了一支烟。降至冰点的脸，像是第一次白玺童进沈宅别墅见到他的时候一样。

像是两个世界。

沈先礼说："白玺童，你就这么等不及离婚吗？"

白玺童也不知道怎么回答，她不知道自己等不等得及，甚至连到底有没有那么想离婚都不清楚，但这些她是不可能告诉他的。她只是会挺直了她的天鹅颈，高傲地说："当然。"

沈先礼把烟轻轻地点在烟灰缸上，然后力道逐渐加重，直至好像整个人浑身力气都用在捻灭一根烟似的。

他抬起头，松开手，盯着白玺童看，多希望今天是他们第一次见面，白玺童说的也不是离婚，而是在一起。

他笑了笑自己那可怜又可笑的想法，只觉得愚蠢至极，但却是他毫无伪装的真心。

"在你心里，我们真的结过婚吗？"

Part 2 ......

沈先礼把白玺童问住了，他的每一个问题都正中她要害，他像个猎人步步紧逼要答案，她像只兔子东躲西藏怕暴露。

她不想给他希望，更想断了自己全部的念想，于是故作镇定地说："没有。"

白玺童以为会得到沈先礼的冷笑，但他只眼神微弱地说："所以，你能不能从心里真的嫁给我一次，哪怕只是假装。"

她不明白他的意思，还以为他有什么非分之想，于是把白色T恤的圆领又往上拽高了一寸，"你是不是又在动什么歪脑筋！"

沈先礼并没有被白玺童打乱思路，继续在自己部署好的正轨范畴里对白玺童循序善诱。

他说："在里面的时候，我有个朋友叫大东，是一个憨厚的老实人，吃饭的时候连大妈多打给他的一个鸡蛋，都要送回去的那种，但却是抢劫进来的。因为他老婆得了尿毒症没钱做透析。

"大东总提起他老婆，进来的时候狱警没收了所有东西，包括他钱包里的那张他老婆的照片。于是他总想着把她的样子画下来，可水平太差，所以就只给我留下少儿简笔画的印象。

"他总说他们结婚的时候买不起戒指就文一个，度不起蜜月就骑自行车骑到体力能支撑的尽头，在一片不知名字的山谷大喊。"

白玺童插嘴："敢情小沈总这真是跟平凡人待久了，动了凡心？"

"我想真的结一次婚，体验一下大东说的那种快乐，他回忆这些的时候，眼睛里光芒万丈的，但我不理解，从来不知道自己真正发自内心地想结婚是一种什么心情。"

"您想找谁结个婚，全城的姑娘还不都抢着来啊。"

"我怕换了别人，还会想起你。更不想自己以后对结婚有所回忆的时候，只有二婚。"

沈先礼明明不是在告白，明明依然是自私地说着这些只顾自己的话，明明所有的决定都不是为了她而做，但听进耳朵里，很有流泪的冲动。

白玺童故作镇定，吸了一口气极力镇定住泪腺，说："我们……不是办过婚礼，结过婚吗？"

"可那次我们都没有当真，只是逢场作戏。"

时过境迁再回忆那场婚礼，白玺童只觉像一场闹剧，司远森的突然来访，白勇的大闹现场，都注定了那是毫无浪漫可言的仪式。

沈先礼认为那不过是苍白的应付，白玺童却觉得那一天无比漫长。

但无论是谁，至少达成共识的是，那是一场失败的婚礼。

沈先礼央求："白玺童，我们重来一次好不好，没有婚宴，没有宾客，没有铺天盖地的花，没有乱七八糟的事，我真心想娶你，你确实想嫁给我，可以吗？"

"如果这是你答应跟我离婚的条件的话，我可以配合。"

白玺童说这话的时候眼神冷漠，像是在完成一个任务一样。

但那晚她辗转反侧，躺了半天满脑子全是关于这场后补婚礼的憧憬。

甚至起身打开衣柜，把所有白裙子都翻个遍，具体到究竟要穿什么。

当她照着穿衣镜，看见镜子里笑着的自己，才想到刚刚沈先礼听完她回答后，有既愿望达成又黯然神伤的双重神情，才说服自己，是的，这所有的初衷不过是为了早点离婚。

睡吧，没什么可开心的。

翌日，沈先礼起得格外早，翻出一件白衬衫，穿了一辈子正装的他，却偏偏在最想要正式的这一天四处都找不到领带。

本想让谷从雪送来一条，但总觉得今天这么大喜的日子看到跟工作相关的人都觉得厌烦，索性拿起沙发上白玺童的丝巾，自己比划比划按照领带的打法系上了。

丝巾经典米色格子，本来配白衬衫没有什么怪异的，但当他走到镜子前面配上自己这张脸，真丝材质就显得驴唇不对马嘴。

第一次见到这么不伦不类打扮的自己，沈先礼扑哧一下笑了，想着这要是被别人看到了，真是颜面扫地。

这么想着，他便要摘取丝巾，但刚解到一半，想了想又原封不动系回去了，说不定白玺童醒来看到自己这样，会笑一笑，一整天都有个好心情。

于是他蹑手蹑脚地走出门，到院子里，站在白玺童房间的窗户下面。

窗帘紧紧地拉上，房间里没有一点响动，天色尚早，周围邻居只有早起遛狗的大爷大妈出来了，一走过看到他这副打扮，无一不笑笑。

他也多少有点尴尬，本想解释解释，但从来不善跟人唠家常的他又好像一下子说不出口，便别过身子，做出面壁思过状。

不知过了多久，白玺童终于起床了，一拉开窗帘看到沈先礼这副打扮着实吓了一跳，真搞不懂他又在作什么，但又忍俊不禁，笑出声来。

隔着窗户，她问他："你站着干吗？"

隔着玻璃，白玺童听不清他在说什么，拉开窗户，探出头又问了一遍。

沈先礼走过去，踮起脚，轻轻地亲了她的唇尖。

还不等白玺童惊讶，紧接着说："新婚快乐，老婆。"

比沈先礼这副出人意料的打扮更想不到的，是从他嘴里能叫出"老婆"这样的称呼。

从前人人称她一声"沈少夫人"，这名号曾让她有如封了太子妃一样高高在上。但今天这一声"老婆"却听得她心里暖洋洋的，像是寻常夫妻在聊着柴米油盐。

"帅气吗？"沈先礼边说着边正了正衣领，又假模假式地紧了紧丝巾打的领带扣。

"帅极了，跟你不能更配了。"

"谢谢老婆夸奖，以后但凡咱们一起出门，我就来这套装衬你。"

"你叫谁老婆呢？"

"除了你，这旁边还有别人吗？"

"这称呼是不是也忒接地气了点，有失您小沈总的身份吧？"

"你当沈少夫人的时候过得不好，我希望小沈老婆这个名字能让你开心点。"

白玺童抿着嘴笑，昨晚既然答应沈先礼的要求，那么无论是为他还是为自己，她都决心今天要把戏做全套。

谁都别有遗憾。

于是她没有像往常一样反驳，欣然接受了这个很有感情色彩的称呼，叫着沈先礼进屋吃早饭，自己先去洗漱去了。

窗外的沈先礼也很满意白玺童的配合，哪怕明知是掩耳盗铃也乐在其中。

早上路过的大妈带着小狗又遛回来，看到正要进门的沈先礼，持续搭话，"哟，我这遛狗都回来了，小伙子还在这呢，是不是出门买早餐忘带钥匙了？"

沈先礼满脑子都是刚刚的甜蜜，恨不得第一时间就找人分享，于是在商场里城府极深的他，居然装不住这一句话。

他兴高采烈地跟大妈说："没，我老婆在家呢。我有老婆！"

大妈捂着嘴笑他，心想这年轻人肯定是刚结婚还在甜蜜期呢，人家谁也没问他有没有老婆的，自己就忍不住炫耀。

想到年轻时候和老伴儿的恩爱劲，只觉得为沈先礼高兴，连连点头："好好，有老婆好啊，等有空来大妈家串门，就在你们隔壁的隔壁。"

等大妈都走远了，沈先礼还冲她背影喊道："大妈，我老婆可好看了！"

刚送走了大妈，后面又跟一晨跑回来的大爷，沈先礼一回身，又兴奋地说："我有老婆了！"

就这样收到好几声恭喜之后，锅里的粥熟了，还煎了两个荷包蛋，白玺童心想他是干吗去了，怎么这么半天还没进屋。

然后一开门，正好看到"身份尊贵"的沈先礼像销售人员一般，跟每一个路过的人都说着话，她穿着围裙，拎着饭勺，喊他。

"干吗呢您这是，推销保健品吗？"

正在跟人搭讪的沈先礼听到她的声音，回身一指："就她，她就是我老婆！"

路过的大哥也不知道什么情况，只友好地向白玺童摆摆手，"弟妹好，弟妹好。"

白玺童笑着看沈先礼迎接八面来客，还饶有兴致地从屋里拿出几包巧克力糖给他当道具，这一下沈先礼更来劲了，像是受到鼓舞一般，逢人便给"喜糖"。

白玺童正看着他好笑，却传来一个熟悉的奶声奶气的小孩声，说着谢谢叔叔，她正在想着这声音怎么这么耳熟的时候，一个小人影朝她飞奔而来。

他大喊着："妈妈！我想死你了！"

Part 3 ......

小孩子就是这样，横冲直撞起来没有力量把控，由于太过激动用力过猛，当他跟白玺童撞个满怀时，白玺童事先一点心理准备都没有，被他冲得向后连连退了两步，腰还不小心撞到放在小院子里的木桌，一下子失去平衡跌在地上。

尔辰就势也跟着倒在她身上，使白玺童腹背受敌，一面是水泥地上的石子划破了皮，一面是越发沉的尔辰压在肚子上。

娇小的白玺童躺在地上还来不及感受母子团聚的激动之情，就觉得好疼了。

沈先礼见状三步并做两步地跑过来，一把捞起尔辰。

尔辰被沈先礼拎在半空中，手脚乱划地反抗，甚至都不顾眼前到底有没有看清沈先礼，就挥舞着拳头要兵刃相见。

沈先礼皱着眉，没耐心地把他一撇，责怪道："哪来的小猴子把我老婆都撞到了！"

边说着边搀扶着白玺童起来，谁料白玺童刚起身就杀了个措手不及，一把把沈先礼推在地上，吼他："你敢动我儿子！"

然后便超级宝贝地把尔辰搂在怀里，一会摸摸头发，一会亲亲脸的，满是慈母的神色。

沈先礼没承想老天送给他的头一份新婚大礼居然就是喜当爹，这么大一儿子从天而降，真是让他笑不出来，更何况，还只是白玺童单方的骨血。

他一脸狐疑地盯着尔辰看，得到的却是来自几岁孩子的嘲讽眼神，看他那单眼挑眉，歪嘴坏笑的样子，就让沈先礼心里不爽。

尔辰这赤裸裸挑衅的神情沈先礼可是看在眼里，他刚要反抗，没想到尔辰在白玺童怀里居然主动示好，甜甜地喊了一声："叔叔好，谢谢叔叔刚刚给我糖吃！"

这一下可不得了，白玺童惊讶地发现自己的儿子几日不见变得越发有礼貌，心满意足地亲了两口脑门，骄傲地跟沈先礼炫耀："看我儿子懂事吧！"

但这哪里是问好，那孩子那神情完全在白玺童的视线盲区里，但沈先礼却看得清楚，这无非就是宣战的烟幕弹。

于是沈先礼也不甘示弱，完全放弃了一个大人该有的姿态，说："嗯，你儿子是懂礼貌，就是一笑就嘴歪这劲抽空得带着去医院看看了，别小小年纪落了个中风的毛病。"

开什么玩笑，当着自己面他居然敢这么攻击一个小孩，绝对是可忍，孰不可忍，白玺童迅速脱下趿拉在左脚上的拖鞋向沈先礼丢过去，被他一歪头躲过了。

"沈先礼有你这么说小孩的吗，你再这么说我儿子，小心我今天就把你扫地出门。"

此时，尔辰又摆出一副小甜甜的样子，仰着一张无比灿烂的脸，对白玺童说："妈妈，爹地说待人要友善，你这样对叔叔凶是不对的，滴水之恩当涌泉相报，刚刚叔叔还给了我糖吃呢。"

说着，他从白玺童怀里站起来，走到沈先礼面前，眯起本就弯弯的眼睛，向沈先礼伸出雪白的小手，"叔叔，我拉你。"

可正当沈先礼拉住他的手时，他突然松手，让沈先礼刚刚跷起的屁股又重重摔在地上。

沈先礼确定一定以及肯定，这孩子就是在故意整他，岂料他还没来得及告状，尔辰自己先道起歉："对不起叔叔，尔辰太小了，没有力气，拉不动你。"

然后一脸可怜巴巴地回望白玺童，白玺童一个鲤鱼打挺站起来，用脚踢了踢沈先礼的鞋，凶巴巴地说："行了啊你，真让小孩拉你啊？丢不丢人。"

紧接着拉着尔辰的小手，说："走，我们进屋吃饭饭。"

白玺童自己进了厨房，因为儿子的到来心情大好，决定临时加餐。

客厅里，沈先礼和尔辰你看看我，我看看你。

最后还是沈先礼没忍住，实在看不下去这挤眉弄眼的小孩，问了句天底下所有大人第一面必问小孩的模板问题："多大了？"

"我九岁了，叔叔。"

什么？纳尼？What？！

问之前，沈先礼心里其实就有数，充其量这孩子也就四岁左右，要是他报五岁也许自己还会乐观地猜想一下是不是自己的种，但这九岁一报出来简直让他惊掉下巴。

那十年之前他都还不认识白玺童呢，于是他朝厨房的白玺童大喊一声："他九岁！他说他九岁！白玺童你今年多大！"

然后白玺童拿着饭勺二次出山，远远地给了沈先礼一记白眼："你弱智吧，九岁孩子就一米？我十二就生孩子吗？拜托你有没有点常识！"

紧接着她也并不打算放过尔辰，严厉地瞪过去一眼："白尔辰，你今年九岁了是吧，明天我就给你送小学四年级上学去。"

"啊啊啊啊，不是的妈妈，我一激动说错了，我四岁，四岁啊，我还可以读很久幼稚园呢！"

"再不好好回答叔叔的问题给妈妈丢脸，你就等着瞧。"

于是满地打转的尔辰又规规矩矩坐回到沙发上，一副参加面试的姿态。

其实沈先礼才没什么对他感兴趣的呢，尤其当他报上自己四岁的年纪时，沈先礼更觉得看他哪哪都来气。

他就像个移动原谅帽时刻提醒着沈先礼头顶一片青青草原。

司远森心细如尘，早在和白玺童的视频里就知道沈先礼在这，沈先礼本就是个厉害的角色，要是找到蛛丝马迹，在尔辰脸上看到和自己一样的眉眼，一定会有所怀疑，到那时恐怕就胜负难算了。

于是在尔辰临回国时，他便带他烫了头发，长长的打着弯的刘海刚好挡住眉毛，眼睛自然不细看也就只当是个普通小孩子的双眼皮。

所以在沈先礼的端详下，尔辰的面相并没有泄密分毫，很少见到小孩子的沈先礼最后只得出一句结论："跟你妈长得不像。"

白玺童在尔辰心里还是非常美丽的妈妈，所以当沈先礼说他不像白玺童的时候，到底还是四岁孩子，马上就露出了焦虑，小腿快速倒腾去玄关的穿衣镜前，对着镜子研究自己，还自言自语着："像，尔辰简直就是跟妈妈一个模子刻出来一样。"

说罢又跑回沈先礼面前，三百六十度向他展示自己的基因，但沈先礼已经没耐心细致地看这顶原谅帽的成色，只满是嫉妒地说了句："一脸讨厌相，一看就像那小子。"

这时白玺童喊他们过来吃饭，在牛排的衬托下沈先礼领到的白米粥就显得和救济粮一样清汤寡水。

他用筷子敲着碗，又比比尔辰那块牛排："我也要。"

白玺童理都没理他，自顾自地给儿子系餐巾，喂尔辰吃饭。尔辰也极其配合，笑脸盈盈地张大了嘴，"啊"。

一旁备受冷落的沈先礼也无声摆出"啊"的嘴型，大大地塞了一大勺白米粥进去，故意嚼出声响。

见白玺童和尔辰旁若无人地上演着母慈子孝，沈先礼赌气地假装打电话给沈老夫人，对着亮都没亮的手机，空喊着："喂妈是我，等下次回家你也喂我饭吃，不然别人还以为我没妈呢。"

正在此时，他的手机响起，是洛天凡的日常问候，他没好气地敷衍两句，看着对面两张看笑话的脸，等着揭穿他的谎言。

白玺童带头白了他一眼："沈先礼你幼不幼稚。"

沈先礼一计不成，又生一计，说道："哎，不是说好了，咱俩今天结婚吗？你这道具是不是有点太画蛇添足了。"

说着指了指尔辰，意思是他就是那个多余的足。

白玺童还没说话，尔辰听到结婚反应倒是很大，睁大眼睛，躲开白玺童伸来喂牛排的手，说："我妈妈今天结婚？"

"别听叔叔胡说，妈妈都有你了还怎么结婚，他心智不成熟在这办家家酒呢。"白玺童把之前达成的协议抹得一干二净，看来是不打算认账了。

沈先礼心有不甘，据理力争。

他们三人坐在饭桌前，谁也没发现四敞大开的门走进一个人，站在角落看着他们其乐融融的一家人一起吃饭，那场景就像是每一个平凡的家庭的早上，和谐而温馨。

司远森本打算敲门的，但那一刻他只觉得这五年努力得来的位置一朝便变得岌岌可危。

于是他定了定神，拿出男主人的底气，笑着大声朝他们喊了声："爸爸回来了！"

宣告丰权。

Part 4 ......

要说这两人也真都够没心没肺的，尔辰突然冒出来，居然从进门到现在也没个人问一声，他是怎么来的。

所以看到司远森的时候，白玺童显然是毫无心理准备，第一反应居然不是起身招呼司远森，反倒是拍了拍沈先礼，问他："你没问尔辰是谁送来的吗？我以为刚刚洛叔打电话，是说他送来的呢。"

沈先礼都没抬头看司远森，甭管什么爹地不爹地的，只要他一天没跟白玺童离婚，他就是这里法律承认的男主人。

于是他优哉游哉地说："我不关心他是怎么来的，我就关心他能怎么没。"边说还边伸出筷子逗小孩似的在尔辰头上虚敲了一下。

这一下倒是点醒了尔辰，他赶忙说："爹地带我来的，他去停车了，一会就来。"

白玺童听着尔辰这马后炮似的解说，无奈地摇摇头。

这时司远森已经换好了拖鞋，径直走了过来，也不客气，拉出尔辰旁边的椅子，一屁股坐下去，自然而然地接过白玺童手中的饭勺，轻车熟路地喂起尔辰吃饭。

边喂边说着刚才的情况："外面的车辆不可以进小区，我就又倒到外面，后来转头一想咱们可能还要在这多住些日子，总停在外面也不是个事，尔辰进出都不方便。"

司远森身上还带着晨露的微微寒气，白玺童招呼着他别只顾着尔辰，自己也要吃饭。他们三人一唱一和，终于惹毛了在旁边存在感骤降的沈先礼。

于是沈先礼打断了他们三人讨论去看大熊猫的计划，把碗一推弄了声响动出来，引得大家不得不看他。

白玺童对他说："吃完了你就忙你的去吧。"

但沈先礼显然是没预料到好好的一天就这么被搅局了。现在来看想甩掉这两个碍事的家伙好像不大可能了，在无计可施之中，他觉得至少不能他们三人单独出去其乐融融。

他便故作姿态地说："我今天不忙，有朋自远方来，我肯定是要尽一尽地主之谊陪客的。"

一直以来都没怎么交流的两个人，尴尬的气氛被司远森打破。他主动说："那就麻烦小沈总屈尊，我们不过是哄儿子随便溜达溜达而已，不用什么招待的。"

"远森你不用对他这么客气，他什么招待，就是个在这蹭吃蹭住的，现在还企图想要蹭玩。"说着便向沈先礼抬高了下巴，转头对沈先礼说："我们可没打算带你，尔辰一个儿童已经够了。"

司远森惊讶于白玺童怎么敢用这语气跟沈先礼说话，要知道几年前哪怕提到沈先礼这个名字都让她闻风丧胆，如今这样的熟络和随意是从何而来？

许是认识久了，司远森一个眼神白玺童就看出了他的疑惑，也不避讳沈先礼，正好说出来让他早点走人也好，就直言不讳道："他现在不是小沈总了，沈氏都给了洛叔，他现在充其量就是小沈。"

在沈先礼没做出反应之前，司远森握住了正在收拾碗筷的白玺童的手腕，满含深意地攥了攥她。

白玺童还以为司远森只是初听这个消息才如此震惊，所以根本没当回事，说道："他现在一穷二白的，不信你自己问他。"

但司远森根本不用问沈先礼，虽然他人在新加坡这么多年，但国内特别是H市的情况他了如指掌，沈先礼更是这里面的重中之重，但凡有一点风吹草动他都会第一时间知道。

当初他离开律师事务所转投司法系统，就是为了在法律上能找到沈家的漏洞，救出白玺童，所以对于沈先礼，没有人会比他更清楚。

这几年表面上看沈先礼是在局子里不问世事，放手把所有事宜都交给洛天凡打理。但业内有传言洛天凡不过就是个执行者，沈先礼在那五步以内的世界依旧在指点江山。

不仅如此，白昆山倒了之后，沈家没有了束缚和管制，沈先礼凭一己之力翻手为云覆手为雨，就能掀起滨江三省经济圈的血雨腥风。

他会落魄？他明明已是一人江山。

司远森虽然知道这其中的真相，但思虑再三毕竟还是对沈先礼有所忌惮，断不敢草率多言。于是话到嘴边，还是咽了下去。

白玺童端着碗筷就进厨房刷碗去了，尔辰像个小蜜蜂一样在她周边飞来飞去。餐桌前只有沈先礼和司远森二人。

气氛凝重。

在白玺童面前，沈先礼的确已经不再是当年沈家别墅里因为和白昆山斗法而不得不扮演暴君的狂徒。

但抛开这一点不谈，他在每一个和他过过招的人面前，依然是岿然不动不怒自威的小沈总，甚至更甚，五年的牢狱之灾让他在严肃下来后更显戾气。

如果用一个词来形容司远森便是一身正气，即便他比沈先礼年纪略轻些，在身份地位上更是碾压性的，但就像再怎么小的警察看到黑社会老大也一样会挺直了腰板。

司远森对沈先礼有忌惮，却不惧怕。

白玺童不在，司远森觉得自己有必要探一探沈先礼的虚实，究竟这出苦肉计，葫芦里卖的什么药。

"小沈总……"司远森刚叫了声沈先礼，还没等他说下去，沈先礼就点燃了一支烟，打断了他。

他已经在吐着烟圈了，嘴里却假模假式地问了句："司检察官，不介意吧？"

司远森温和地说："不介意您吸烟，但介意您住在这里。"

"笑话，司检察官是不是查我们经济案查多了，连最基本的婚姻法都不记得了。究竟我们谁该介意谁出现在这个房子里。"

"小沈总，您和童童一纸婚书也许能吓唬住她，但你我心知肚明，五年来的天各一方，早已构成事实离婚。更何况……"

这"更何况"三个字后面的原话本该是尔辰根本就不是他的孩子，爹地也不过是干爹。但他不能说。

沈先礼没有揪着他欲说还休的内容不放，以为不过是他在法律范畴里又找到了其他对自己有利的佐证和说辞，他根本不在乎。

论法律常识，他是一定不如司远森了解，但整个沈氏，甚至整个H市滨江三省，只要他一声令下，多少法学界泰斗巴不得为他办事。

甚至连司远森一直暗中调查他的事，他也早就听说了，只是虾兵蟹将不足为据，加上沈氏一向坦荡经营，没有一星半点违法乱纪的勾当，所以他要查，沈氏从来不担忧什么。

平心而论，沈先礼对司远森并不感到厌烦，他很干净，这种坦荡和正气虽然稚嫩但却让人恨不起来。

尤其是见惯了商场的钩心斗角之后，他更觉得像司远森这样的性格实属难得。

曾经他就想过，如果没有白玺童，如果他们之间不是情敌关系，这个小伙子他甚至都可能会想要收为己用。

但既然已经摆阵了，他就没办法礼貌相让。

名利场上的常胜将军如他，也许利益可以照顾后辈让一让，可白玺童是老婆，老婆只能有一个。

情敌，虽远必诛。

"你是打算把沈氏的真实情况拿去她那里打小报告吗？"沈先礼不紧不慢地吸着烟，他只是当作打发时间的闲嗑在和司远森聊着。

"还没想好，取决于您的目的是什么，和我即便说了真相也没有意义。如果无论你身份如何，玺童都暂时摆脱不了你，那说与不说又有什么区别。"

司远森思路敏捷，从刚才他就想到了，胜负的关键节点从来就不在沈家的势力上，如果白玺童对沈先礼只有畏惧，那她就不会回来，更不会不走。

命门一直都是白玺童的心。

一个是青梅竹马，不离不弃深情款款的初恋情人。

一个是夫妻一场，爱恨两难缘分未尽的名义丈夫。

伯仲之间，谁也没有胜算。

另一边，白玺童已经洗好了碗筷，尔辰欢呼雀跃，时刻准备着向动物园出发。

司远森默默收拾好尔辰的外套和零食，还细心地带了几个方便携带的随手小玩具，以备不时之需，然后三人就高高兴兴出门了。

从头到尾就没有人想到带沈先礼一起去，毕竟沈先礼、白玺童、司远森三人之间的关系实在是太尴尬了。

可沈先礼偏偏不怕尴尬，就是冲着搅局去的，便不在乎个人体验了，能打扰他们合家欢，就是他此行的终极目标。

于是他抢在白玺童前面坐到副驾驶的位置。

白玺童和司远森在倒车镜里对视了一下，司远森笑着摇摇头，点开了车辆启动按钮。

就在这时，尔辰突然要上厕所，白玺童不耐烦地让他忍到动物园，司远森心软地解开安全带，主动带尔辰回家方便。

车里剩下沈先礼和白玺童，几个小时之前他们还扮演着新婚燕尔的夫妻，短暂的幸福还没享受够，就被拨乱反正打回原形。

他说："我现在是不是不能再叫你老婆了？"

第十六章
西出阳关，无故人

Part 1 ......

周末的动物园本就人满为患，特别是最近大熊猫新生了熊猫宝宝，全城的大朋友小朋友都想来一睹风采。

其实还不过是初夏，但人一多，寸步难行，树叶还没有长茂盛，连个乘凉的地方都没有，就更显得炎热，竟有了酷暑难耐的灼烧感。

他们到动物园正巧是中午，大太阳最毒的时候。

尔辰早就被司远森惯得不成样子，双脚一分钟都不会接触地面，全程都是司远森背着抱着。

这样的天气，别说抱个小肉球在身上，即便是自己一个人走都会汗流浃背。

沈先礼一路都没离开冰激凌，为了解暑，甚至一起买两块，一块用来吃，一块用来冰敷额头。

司远森的体力全部消耗在尔辰身上，两只手都忙活着他，根本没有多余力气吃冰激凌。

白玺童一手拿着自己的，一手拿着尔辰的，天气热冰激凌融化得极快，有时忙活着喂尔辰，就顾不上另一只手上的那根，冰激凌就融化成汤，一滴滴掉到白玺童身上。

黏黏的冰激凌汤弄在身上让素来爱干净的白玺童很是棘手，尔辰还在旁边吵嚷着"再来一口"，看着沈先礼自顾自在旁边晃荡一点不帮忙，她就更气不打一处来。

就在白玺童快要发火的时候，后面不知道被谁猛推一把，她手上的冰激凌一下子怼在司远森的脖子上，那画面简直惨不忍睹。

最让白玺童抓狂的是，尔辰嘴馋那一口冰激凌居然还上舌头去舔司远森。沈先礼幸灾乐祸地在一旁狂笑不止。

欲哭无泪的白玺童终于忍不住大吼一声："尔辰！"引来旁边人纷纷侧目。

司远森好脾气地安慰白玺童别着急，他一会遇到洗手间，洗洗就没事了。

熊猫馆在动物园里是独立的，今天为了庆祝熊猫宝宝诞生，好多人围在一个大桌子前像是在讨论着什么。

尔辰指挥司远森去凑凑热闹，三人正好彼此间没话题，去找点事做也正好缓和缓和。

原来是熊猫馆在给熊猫宝宝征集名字，今天是最后的截止期限，工作人员把每个参赛者想到的名字上传至网络平台，由网友票选选出得票最高的名字，来给熊猫宝宝命名。

而得奖者，则获得终身探望熊猫宝宝的特权并有权参与喂养和打扫工作。

这无论是对小朋友还是对成年人来讲都是难能可贵的亲近熊猫宝宝的机会，大家都摩拳擦掌跃跃欲试。放眼望去不少善诗词歌赋的选手都绞尽脑汁，志在必得。

目前处于领先地位的名字有：滨滨、灏灏、曦曦。

三个名字提供者彼此观望，时刻紧盯着数据，距离截止时间只有一个小时了。但显然熊猫馆的工作人员对这三个名字其实都不是特别满意，一个个皱着眉相互讨论着。

白玺童本打算看一眼就走，没想到尔辰听到旁边人说，一定要自己也取名字参赛，想拿到这个特权时刻亲近熊猫宝宝。

司远森一向宠他，朝白玺童眨眨眼睛："那咱们就试试吧。"

于是从主办方那里要来四张纸，每人各自想一个名字报上去。

虽然吵得最欢，但尔辰毕竟是小孩子，创造能力还是太差了，满脑子就只有家附近认识的小狗的普通名字，报上来全是欢欢、乐乐、毛毛什么的。

白玺童也很有自知之明地说："我不擅长取名字，我可想不出来。"

"看出来了，你看你给你儿子取的这神名。"沈先礼一边在纸上写下自己想的名字，一边埋汰着白玺童。

"不是，哎我说，我儿子这名取得怎么了。尔辰尔辰，多好听啊，莞尔一笑，寥若晨星。你说哪里不好！"

白玺童把全部的精力都用来反驳沈先礼，熊猫宝宝的名字一个没想起来，对沈先礼随口的一句话倒是特别计较。

沈先礼把写好名字的纸条递给工作人员，盖上笔帽，有一搭没一搭地回话白玺童："你连上姓一起读，他跟你姓是吧？"

"是啊，白尔辰怎么了？"

"反正就是不好听，白尔连起来读很像bear。"

"白尔辰白尔辰白尔辰白尔辰……bear辰"

果然量变成质变，在无数个白尔辰之后，如沈先礼说的，出现了"熊"这个发音。

白玺童哑口无言，连攻击沈先礼的力气都没有，更别说现在熊猫宝宝叫什么了。本来还对儿子的名字沾沾自喜，觉得是个不错的好名字，这一下从天堂掉到地狱，从此以后都没法再直视尔辰的名字。

尔辰没反应过来，一听说bear，忙在妈妈面前摆着小手问："妈妈，哪里有bear？"

白玺童一脸抱歉地看着尔辰，这是尔辰出生五年来，她觉得最对不起尔辰的时候。哪怕之前可能冒着他没有爸爸的风险，白玺童也没觉得当回事。

但想到上学之后尔辰肯定会被同学取外号，当妈的就觉得心里一酸。

这时司远森临时救场，打破僵局，哄着正追问白玺童的尔辰："以后我们尔辰跟爸爸姓，叫司尔辰好不好呀，多好听，很洋气呢，以后再生个小妹妹叫司嘉丽。"

沈先礼没有翻白眼的习惯，但他还是送了个白眼给司远森。可说是这么说，心里还不免念了声"沈尔辰"，好像听起来也还不错。

这边聊着天，就不觉得时间过得飞快，尔辰执意要等取名结果，一个小时也终于熬到尾声。当截止时间一到，工作人员敲响了大钟，所有人都翘首期盼等待结果揭晓。

沈先礼本就是随手写的名字，连他自己都忘了，更别提主办方读的还不是名字，为了制造悬念先念的获奖者入馆号码：851124070。

司远森一听到这个号码就觉得熟悉，赶快低头看了看自己的，是851124073，票据连号就意味着也许就是他们四人当中之一。

白玺童是851124071，尔辰是851124072，所有人屏住呼吸都在等着沈先礼翻开自己的号码牌，究竟是851124070，还是851124074呢？

当看到位数0的那一刻，他们都没详对前面几个数字，便一蹦三尺高，特别是尔辰，在司远森怀里像个弹簧一样兴奋地停不下来。

沈先礼故作镇静，但看到白玺童罕见的崇拜的眼神，还是非常自鸣得意的。

临上台，白玺童问他："你取了什么名字？"

Part 2 ......

然而让白玺童意想不到的是，沈先礼一脚踩在上台的台阶上，另一边手上却把尔辰从司远森怀里接过来，慌乱中嘱咐他："记住你给熊猫宝宝取的名字是'出阳'。"

尔辰也不知道什么事，只跟着大人们欢呼听说是他们中奖了，至于自己之前取了什么名字根本像从来没发生过一样。

所以当他被推上台，主持人让他给大家公布获奖的名字时候，他大脑一片空白，怯生生地看向白玺童。

于是他们三人一齐喊着"初阳"这个名字。

在主持人隆重地宣布了熊猫宝宝的新名字后，照例要问问名字的由来和感想，大家也心知肚明这样的名字自然是大人帮忙取的，只是为了哄小孩子开心才让他代表领奖。

那么主持人便邀请父母一同上台跟大家一起分享下心得，白玺童上去后，司远森看了看沈先礼，却发现他已经不见人影，就自己作为尔辰父亲的身份出现在了大家的视野。

不远处，沈先礼挤出人群，倚着护城河的石头护栏，听着司远森临时解释着"初阳"的含义，也不过是"初升的太阳"。

他没作声，在旁边的零食亭又买了一个冰激凌，旁若无人地吃着。卖冰激凌的老爷爷跟他有一搭无一搭地聊着。

"初阳，早上的太阳啊。名字不错。"

沈先礼自顾自舔着草莓味的冰激凌，也没有回答，直到临走，拍了拍手上剩余的蛋筒残渣，留下一句话后便又走回人群里。

那句话是："是'出阳'。"

西出阳关，无故人。

说时迟那时快，天空骤降大雨，瓢泼如瀑，浇得所有人都措手不及。慌乱中所有人都抱头鼠窜，人本就多，再一横冲直撞，台子就塌了。

而在塌之前，白玺童、司远森和尔辰就站在上面。

所有人都往外跑，只有沈先礼逆着人流往里冲。

大雨模糊了视线，连睫毛上都沾上了大颗雨滴，让人睁不开，雨水倒灌眼睛里让人酸疼。

沈先礼四处张望着他们，但水汽氤氲下，他看人只看到了色彩块，怎么找也找不到。

而白玺童和司远森他们随着塌下的台子跌下后，司远森不巧卡在了断木板中间，虽然没有完全压到，并无大碍，但也拔不出来。一旁的白玺童着急地帮忙，所有的注意力都用来试图挪开木板上。

尔辰个子太小，早在台子塌下来的一瞬间就被旁边人群挤走，到处都找不到妈妈，甚至连人脸都看不到，只有成年人腿那么高的他，被人推来撞去显得是那么无助。

平时在家里无法无天的小霸王，成了落水狗，可怜兮兮地一边哭一边方圆十米内转悠。

当他在雨里听到一个高大的身影朝他喊"尔辰"的时候，他简直欣喜若狂，像是终于抓到了救命稻草。

他一路喊着"爹地"狂奔，当被人一把抱住的时候，才觉得安心。

结果他哭着想要撒娇的时候，才看清这个他叫"爹地"的人，是沈先礼。

当时他们彼此都不知道，这是尔辰唯一一次叫他一声"爹地"，也不知是老天怜悯有心成全，还是命运难测不遂人愿。

沈先礼抱着尔辰，任他伏在自己肩头，好像第一次有了自己真的被需要的感觉，不说这里面有多少巧合的成分，至少这一刻，这个小生命对自己是完全依赖的。

他突然想到多年前，亲手打掉白玺童肚子里自己的骨肉，为了扳倒白昆山，这样的牺牲究竟值不值。

如果能从头来过……

找到白玺童他们的时候，司远森已经把腿拔出来了，一瘸一拐地被她搀扶着。看到尔辰在沈先礼这里的时候，白玺童总算松了口气。

好在大家都平安无事。

雨来得急，去得也快，不一会也就渐渐停了，五分钟之后又恢复了艳阳高照。要不是一地狼藉，简直什么都没发生过。

只是经此一遭，大家也就都筋疲力尽，尤其是司远森的腿还有些擦破了皮，虽然骨头没事，但毕竟卡了这么长时间还是有些不舒服的，至少要休息一下。

但尔辰哭闹着就是不肯回家，好不容易看到大熊猫，何况现在熊猫宝宝都是他们给取的名字，一定要近距离亲密接触一下才肯罢休。

司远森真是一个慈父精，宠溺起尔辰来真是不顾死活，二话没说就答应了他。其他两人没办法，已经有一个大人叛变了，还能怎么办，就只好硬着头皮继续游玩计划。

经商定，先找家附近的汉堡店稍做休整。

司远森带着尔辰负责帮大家点餐的工作，白玺童去洗手间了，只有沈先礼百无聊赖地出去外面晒太阳。

即便刚刚衣服还湿哒哒的，但好在夏天的太阳是纯天然的风干箱，阳光一晒，几阵风一过，就干得差不多了，甚至由于水汽蒸发带走了高温，更让人觉得舒爽。

沈先礼自从白玺童假死案之后就很少出现在公众视野，几年的隐没之后，他也像明星一样，被速食文化快速新陈代谢掉。

曾经H市无人不识的沈先礼，面容随着岁月有了稍许变化，也就不再能被大家想起。站在这摩肩接踵的公众场合，他就是一个平凡的普通人。

这正合了他的心意。

可这时却有人从他旁边有些惊讶地喊了声："小沈总？"

喊住他的人，是一个二十出头的小伙子，是几年前沈氏司机，偶尔载过沈先礼几次。

他一手拉着小女儿，女儿手里攥着粉红色小猪佩奇的气球。

小女孩的年纪和尔辰相仿，被爸爸突然的停顿和陌生叔叔吓到，一不留神手里的气球就飞了。这下可不得了，这是她求了爸爸半天才得到的气球，一下飞到九霄云外了。

还不等司机反应，沈先礼蹲下身，摸摸小女孩的头，温柔地说："不哭不哭，都怪叔叔，叔叔带你再去买。"

说着就在旁边的卖气球的小摊那里把剩下的几十只气球全都买下送给小女孩，她第一次一下子可以拥有这么多气球，开心得不得了。

稚气未脱地朝她爸爸妈妈笑："叔叔给我买了这么多气球！你们看呀，蕊蕊要飞起来啦！"

沈先礼在一旁看着小女孩眉开眼笑，是从什么时候开始喜欢小孩子的，连他自己都没意识到。

司机没想到沈先礼能如此平易近人，要知道他曾经在公司可是从来都不苟言笑的，像是完全触摸不到的天神，不容冒犯。

今天一见，却发现几年的改变让他身上多了很多烟火气。

他壮着胆子跟沈先礼攀谈了几句："小沈总怎么有兴致逛动物园？"

确实，以沈先礼的身份逛动物园实在是很不匹配，他停了两秒想想该怎回答。

但他片刻的犹豫就让司机吓破了胆，以为自己问了不该问的问题，他是什么身份怎么敢跟沈先礼这么聊天。

于是就万分抱歉地点头哈腰跟沈先礼道歉，但沈先礼却不以为然地摆摆手，说道："没事，带孩子来玩玩。"

吸取了刚刚的经验教训，司机再不敢多问哪里来的孩子，即使一肚子的狐疑也不好说出口，见好就收，带着老婆孩子走了。

临离开，一蹦一跳的小女孩还主动送了一只气球给沈先礼，很有礼貌地邀请他有空去家里做客。

沈先礼眉开眼笑地答应了，也跟小女孩说有空也让爸爸带她来沈家玩，等她走了，他还笑眯眯地朝她的背影摆手。

白玺童从他买气球的时候就在汉堡店的窗边目睹了一切。

这样的沈先礼像是脱胎换骨一般，变得如此亲切友善。如今的种种正是她初入沈宅山顶别墅时对他的幻想，要是没有沈白两家的恩恩怨怨，要是一开始他就是这样的沈先礼。

如果能从头来过……

吃饭的时候，尔辰不老实，在椅子上上下翻飞，还一个不小心把隔壁桌的沙拉给撞翻撒了一地，惹得人家怒目而视。

白玺童对这个泼猴今天的表现非常不满意，哪怕是母子重见的第一天，也还是不能平息怒火，没好气地威胁了尔辰，还假装在他手上打了一下。

一向要面子的尔辰马上就挂不住脸儿了，气嘟嘟地嚷着要回新加坡，看完大熊猫就走。

司远森充当和事佬，哄着尔辰说马上就走，只为了让他多吃几口鸡肉。

白玺童看着他们就气，马上白眼翻起，一眼双雕。

要不是司远森这么溺爱他，他也不至于无法无天。

要不是沈先礼的基因这么霸道，他也不至于这么为所欲为。

尔辰终于老实了，司远森接着刚刚尔辰挑起的话茬，问她："我们什么时候回新加坡？还有什么没处理完的事，明天我去跑吧，你在家带儿子休息休息。"

沈先礼坐在白玺童对面，听完这句话，他的腿就伸得好长，甚至都挨到了她的椅子边。只要轻轻往左边动一动膝盖，就碰到了白玺童的腿。

她知道，这个问题面前，也许比司远森更屏气凝神的是沈先礼。

Part 3 ……

白玺童胡乱搪塞过去司远森的问题，拿出白乐瑶当了挡箭牌，司远森一听她能和朝思暮想的大姐得以相认，注意力也就全在这个见所未见的人身上了。

简单介绍了下白乐瑶的情况，只是在讲述她们姐妹相遇的过程里，她刻意去掉了沈先礼同去的事。

几句话下来，尔辰已经听得不耐烦了，在椅子上像个小陀螺一般转来转去，嚷嚷着要去看大熊猫。

几个人休息得差不多了，司远森试着走了走，好像也比之前好很多，走起路来不再一瘸一拐，只是小腿的筋骨还多少有些隐隐作痛。

但为了怕扫了大家的兴，更怕白玺童担心，他便装作一副没事的样子，伸手就要抱尔辰。

白玺童又怎么会不知道司远森的为人，即使再疼，他也不会表现出来。卡在那么大块木板中间，怎么可能这么快就没事了，要说走走可能还无伤大雅，但尔辰调皮，在他身上的话肯定又会增加不少负重。

于是她拦下正在助跑中的尔辰，这么大的冲力跳上司远森怀里那还了得！

可尔辰就是怎么说都不听，用充满窥求的小眼神看着司远森，听着司远森说没事不疼，不过四五岁大的孩子哪里懂什么善意的谎言，就认定了他没事。

最后白玺童没办法，只好自己端起这个一大袋大米一样重的孩子，咬着牙给自己念宽心咒："亲生的，亲生的，亲生的，亲生的……"

沈先礼其实从一开始就想帮司远森抱尔辰来着，但就是想看看这两个爱逞能的人到底能挺到什么时候，再者说，他在等着白玺童求他。

他当然是会奸计得逞，白玺童抱着尔辰才走完去熊猫宝宝房间的几十米，就已经叫苦连天。

白玺童拍着尔辰的背叫苦连天："我的大儿子啊，你可要累死妈妈了，咱那腿即便是摆设也得有走两步的功能吧。"

尔辰见白玺童确实指望不上了，另谋出路，看看司远森刚想撒娇，突然灵机一动想到还有另外一个人力座椅，于是屁颠屁颠跑向沈先礼。

"叔叔，尔辰累了。"

"你从家里出来一共走过几步路？"沈先礼明明就在等别人来求自己，哪怕不是白玺童，能让这个小魔王向自己求饶也是不错的，却摆出一副爱答不理的样子。

"啊啊啊，尔辰是小孩子，小孩子体力本来就不好的。"

"体力不好，那正好回家。"

其实吧，白玺童也根本没有惯着尔辰的习惯，只是想到沈先礼这个亲生父亲，一天没尽过当爸的责任，儿子好不容易见到了，就求他抱抱他居然都不肯，马上生气了。

只见她虎着脸，表面看起来是在吼尔辰，但明眼人都看得出来是冲着沈先礼去的。

"尔辰，过来，就为了一个抱抱跟人低三下四的，丢不丢人。你能不能走，你自己不能走就站在原地等我们。"

尔辰自然听不出话里有话，还以为白玺童真的在骂自己，撇着嘴，眼泪在眼睛里打转，挪着小脚，企图搬救兵："爸爸……"

结果还不等司远森反应，沈先礼一把就把尔辰夹在自己胳膊下，凶巴巴地说："就抱十分钟啊！"

尔辰如愿以偿地找到了新的代步工具，并且解锁了新的姿势，非常开心，一下子就忘记刚刚被白玺童骂的委屈，摆出铁臂阿童木的姿势，当自己是小飞机。

沈先礼从来没带过小孩子，只是见尔辰这么高兴，自己也像很了不起一样，萌生了炫耀一番的想法。

于是他像耍双节棍似的，一会把尔辰悠到肚子上，两手扳着他，一会又悠到腰后面，当啷着一条腿在下面。白玺童看得心惊胆战连连叫停。

经此一遭尔辰对沈先礼越发有好感了，就连司远森说了好几次要换着抱他，他都完全不应声，只激动地问沈先礼："还有别的吗？还能再玩一次吗？"

沈先礼和尔辰旁若无人地秀着"恩爱"，最后把尔辰高高举过头顶，让他坐在自己的脖子上安静一会，尔辰也折腾累了，就老老实实地安营扎寨在这了。

司远森跟在他们身后，自觉有些落寞。自从尔辰出生到现在，五年的时间他寸步不离，无论是为了让白玺童彻底接纳他，还是出于对尔辰的喜爱，他已经视他如亲儿子。

但此时他深深体会到，血浓于水的古语，是有其一定道理的。

究竟带尔辰回来，让他有机会和沈先礼见面，是对还是错？

白玺童显然没有这方面的考虑，现在她满眼就看到尔辰这个小不点置身于一米八的高度上，只觉得心惊胆战，一直在旁边跟尔辰说："下来吧，好危险。"

但尔辰超级享受自己傲视群雄的高度，哪里肯下，现在他只当沈先礼是新坐

318

骑了。

这段时间他正迷恋《西游记》，于是他当是对沈先礼的夸奖，张口就来："叔叔你抱我真好，以后都你抱我吧，你就相当于唐僧的白龙马，太上老君的青牛！"

沈先礼哭笑不得，不敢扭头恐摔了尔辰，便大声跟白玺童说："你儿子文学素养真高！"

被沈先礼驮着的尔辰玩得不亦乐乎，白玺童递给他一小根细细的竹子，他居高临下,轻轻把竹叶点到熊猫爸爸的嘴边，看着大熊猫吃得起劲，他也跟着"呜嗷呜嗷"的。

不一会他们被工作人员带到熊猫宝宝的婴儿箱里。白玺童温柔地跟尔辰说："尔辰你看啊，这是熊猫宝宝，它今天有名字了，它的名字叫出阳，你喊它试试。"

尔辰睁大了眼睛，恨不得把整张脸都贴在婴儿箱的玻璃上，他怕吓到宝宝，压低了声音，只在嗓子眼里发出声音："出阳，出阳，我是哥哥呀。"

不止尔辰，连沈先礼在内的他们所有人都第一次看到这么小的熊猫宝宝，大家都觉得很新奇。大熊猫真是个神奇的动物，无论平时有爱心与否，喜欢小动物与否，当看到它的瞬间，都被它萌化了。

熊猫宝宝刚刚出生不满十天，并不太能看出成年大熊猫那样黑白分明的毛发，在稀疏的胎毛之间还能看到他半透明肉粉色的身体。

他在睡觉，闭着眼睛享受着婴儿箱里仿日照的灯光，也许正在做着关于外面花花世界的美梦。

片刻之后他们被工作人员带出熊猫宝宝的房间，尔辰憋坏了，在里面连大气都不敢喘，出来之后嗷嗷大喊了两声，引来路人纷纷侧目。

白玺童说道："尔辰，公共场所要保持安静！"

尔辰说："可是妈妈我高兴，我好高兴我有了出阳，我有了弟弟。我就是想喊出来，我觉得这样才能表达我的快乐。"

路人听完尔辰人小鬼大的话都笑了，白玺童也欢喜尔辰能这么有爱心。于是她问尔辰："你这么喜欢出阳吗？"

"喜欢啊。"

"为什么？是因为它是大熊猫吗？"

"我说了啊，是因为出阳是我弟弟啊。妈妈，我能不能也叫出阳？"

白玺童还以为是因为尔辰喜欢这个名字，假装气鼓鼓地说："怎么，妈妈给你取的名字你不喜欢吗？"

谁知尔辰认真地说，"我只是觉得出阳好可怜，这辈子都要关在这个动物园里，没有什么朋友，没坐过飞机，不知道棉花糖有多好吃，也不知道环球影城多好玩。如果我也叫出阳，那每次别人一叫我的时候，我可能就会觉得像是熊猫宝宝也在经历这些。"

原本沈先礼以为尔辰只是混世魔王，没想到他也有柔软的一面。

这不禁让他想到小时候的自己，第一次亲手猎到了一只小兔子，不忍心想要放生，却被当时的玩伴陶沐渊拦下了，就地做了烤野兔。他哭着咬下兔肉，丝毫没有陶沐渊大快朵颐的感觉，只觉得小兔子好可怜。

小他两岁的陶沐渊只傻呵呵地笑："你哭什么，不香吗？人各有命，兔命也各不相同，它生在这里的意义就是为了死在我们胃里。"

爱心、善良、友好、热情，这些字眼，只存在于小孩子的世界，慢慢地就会发现很多词被造出来也不过是为了纸上谈兵。

从连小兔子都舍不得吃，到轻而易举就毁灭一个人，就是沈先礼成长的轨迹。

有些记忆和人是他不愿想到的，于是他把尔辰放下来，自己去厕所洗把脸精神精神。

一直跟在身后游坑的大妈在沈先礼走后，对着白玺童有一搭没一搭地说："这孩子长得真像爸爸。"

白玺童一愣，竟不知道她说的是谁。

大妈推着儿童推车，和旁边的女儿指着沈先礼的背影说："你看这爷俩长得多像，尤其那眉眼，少见的这么好看。比咱们家明明长得还像爸爸。"

白玺童本不想搭话，旁人爱说什么就说什么好了，但尔辰却锱铢必较，回头就说："他不是我爸爸，这个才是我爸爸！"说着拉过司远森，把自己的脸和司远森的摆在一起让她们看。

大妈笑着摸摸尔辰的头："对不起啊小朋友，原来那不是你爸爸啊，是奶奶认错人了。那你和舅舅很像呢，很多小孩子确实也都长得像舅舅的。"

白玺童愣住了，顺着大妈的话一动不动地盯着尔辰的脸。

他们已经这么像了吗……

第十七章
十五的月亮真刺眼

Part 1 ......

他们一行人回家的时候，尔辰早就睡着了。

实际上在回来的路上他就已经很困了，但依旧贪恋着跟沈先礼逗闹不肯乖乖睡一下。

一会拨弄拨弄沈先礼的头发，一会坐在后面突然伸出脑袋来横在沈先礼的肚子上。而沈先礼呢，虽然摆出一副不耐烦的样子，但却没有懈怠跟尔辰拉扯的机会。

他终于睡着了，一边还挥舞着小拳头，嘴里喊着："来啊，来啊。"

到底还是小孩子，从一开始看沈先礼各种拧巴找碴，到现在的玩作一团，也不过几个小时。

但沈先礼嘴硬，还不忘损他一句："真不知道你们怎么教育的孩子，这要是我儿子，我一天打他八遍！"

白玺童意味深长地说："相信，岂止是打啊，能饶他一命都不错了。"

司远森对白玺童曾流掉的那个孩子并不知情，所以只当作这是句怼人的话。

但显然，白玺童和沈先礼都想到了那个孩子，于是原本其乐融融的空气一下子凝固住，满是尴尬。

谁也不再说话，只有尔辰熟睡的呼呼声。

下车的时候，白玺童还在和沈先礼怄气，一眼都没看他，径直抱着尔辰就进了屋。

一开门却发现白乐瑶做了一桌子的好菜，锅里还有正温着的鸡汤。

她见大家回来了，赶忙从厨房跑出来，手随便在围裙上蹭了两下，麻利地从白玺童手里接过尔辰，眉开眼笑地摇着他。

白玺童一边点头一边笑着指了指尔辰，压低了声音介绍："我儿子！"

白乐瑶连声道好，忍不住一会凑近点看一眼，一会又掂掂他，说着："小家伙真沉啊。"

白玺童怕大姐累到，就让她把孩子放到床上睡了。白乐瑶守着尔辰，一步都离不开，也许对她而言，失去了亲生儿子之后，能有个外甥，也算是一种失而复得。

后来是司远森叫了他们三遍，这姐俩才出来吃饭。

毕竟也是第一次见司远森，白乐瑶并不知道他的身份，以及他和白玺童的关系，只以为是她新加坡的朋友，客客气气地让上座，还直感谢他帮这么大的忙，旅途劳顿地要好好在家里住几天。

司远森看看白玺童，沈先礼憋着笑也瞄着她，她感觉到两股异样的眼神在盯着自己，那一筷子的清蒸鲈鱼只觉得如鲠在喉。

为了让沈先礼难堪，白玺童一咬牙一跺脚，想着哪怕后面再跟白乐瑶讲明真相，但此刻在饭桌上也要咬定青山不放松。

"来我介绍一下，这是我大姐，就是我一直挂在嘴边从小对我最好的大姐白乐瑶。大姐，这是司远森，我初恋，尔辰爹地。"

白玺童说的时候特意在"初恋"和"尔辰爹地"上面加了双重音，听得沈先礼一下子饭粒呛到气管里，狂咳不止。

很好，要的就是这个效果。

可这一下倒是把白乐瑶难倒了，司远森很有礼貌地起身，向白乐瑶举起盛着饮料的杯子说："大姐，叫我远森就好了，以后咱们就是一家人了，跟我别客气。"

白乐瑶也不知道该不该接这话，没看白玺童，反而看向沈先礼，小声嘟囔了一句，"可妹夫不是……"

"说来话长，说来话长，大姐吃菜，等晚点我给你讲。"

白乐瑶不再问，只是很热情地给两个"妹夫"夹菜。

沈先礼本就话少，只自顾自吃饭，偶尔想起来就用脚碰碰白玺童，反过来被白玺童结结实实地踩上一脚后，便倒吸着一口凉气心满意足地继续喝汤。

司远森本就是老少皆宜的百搭款，跟谁都能亲切地聊天，不会冷场。尤其是在这场勇夺"妹夫"头衔的大战里，他更要后来者居上赢得娘家人的欢心。

但经过和白乐瑶的一番聊天之后，不知是不是检察官的职业病，还是自己多疑了，他总觉得这个凭空冒出来的大姐，有待调查。

尤其是当她讲完自己此前的遭遇之后，司远森更觉得有点不对劲，他脱口而出的那句，"这么多年自己独居山洞，以野菜为生，大姐的厨艺还能这么好，真是厉害。"

这句表面夸奖的话，是试探没错，究竟是孙悟空还是六耳猕猴，一试便知。

白玺童毫无警觉地马上接话："那是！我大姐厨艺绝对超一流，什么五星级酒店，什么米其林餐厅，都不如我大姐做菜好吃。小时候，我每次放学回家都一路狂奔，就是为了晚餐！"

说着，白玺童又开启回忆模式，凑近白乐瑶，说："大姐你记得当时我最爱吃你做的什么吗？"

她一边期待着白乐瑶的回答，一边自己已经摆出"O"的唇形。

而期待她回答的，不只有白玺童，还有暗中观察的司远森。从刚才他问出的话来看，果然不出所料，白乐瑶明显有些慌张，这个白玺童的问题她自然是更回答不上来。

但剧情反转的是，白乐瑶不但对答如流，和白玺童异口同声地说"锅包肉"，而且还讲起关于锅包肉的典故。

她说："你小时候啊，在同学家吃了一顿饭之后，回来就天天吵着让我给你做锅包肉。那是一家从东北迁居来的人家，之前我都没见过锅包肉，这可把我难坏了。

后来你又是画，又是给我讲的，我按照你的说法，在家试做了好几次才成功。那天之后你就一发不可收拾地迷上了这道菜，什么生日啊，什么节日的都求我做。"

一直没有说话的沈先礼却一下就听出司远森话里有话，于是在白乐瑶回答出锅包肉这个答案之后，和司远森的对视就成了心照不宣的默契了。

饭后白玺童帮着白乐瑶收拾碗筷，沈先礼看月色好，就饶有兴致地跑去小院子里大槐树下抽根烟，司远森回屋看了眼尔辰还没醒，也跟着出来了。

"来一根吗？"沈先礼把烟盒给司远森。

但司远森又递了回去，说："谢谢，我从不吸烟，孩子小，怕影响他健康。"

沈先礼其实很想问问司远森，他和白玺童是什么时候在一起的。

是所有的一切都尘埃落定，白玺童远走新加坡之后，司远森异国他乡送温暖才走到了一起？

还是他前脚进了监狱，后面两人就终于苦命鸳鸯得以相见，郎情妾意干柴烈火，最后一起双宿双飞呢？

又或是这两人的情分始终没断，不管是在白玺童被囚禁在沈宅山顶别墅的时候，还是成为沈少夫人之后，都没死心。

但问了又有什么用，若是恼怒，也不过在为一顶绿帽子而自取其辱；若是责怪，他又有什么资格品头论足，他们早在自己之前就是一对，他才是棒打鸳鸯的恶人吧。

这么想着，沈先礼也就心里好受很多，前尘往事还有什么好揪着不放的。最重要的是白玺童的未来，是姓沈还是姓司。

于是他问出口的那句话，变成了"这小子很难带吧"，像是邻居家的叔叔伯伯随口探讨育儿经。

司远森点点头，又摇摇头，叹了口气说："尔辰小时候身体不好，常年住在医院里，稍有一点伤风感冒马上就住院输液，医生说就是体质弱，娘胎里带的。看着那么小的他在医院里每天扎针吃药，甚至太小的时候都往头皮上扎，我们真是心疼死了，这份罪宁可大人遭也不想让那么小的他承受。所以我才什么都由着他闹，只要他健康开心就好。"

沈先礼说："他有他的幸运，你是个好爸爸，这就是他的福分。"说着他拍了拍司远森的肩膀，就要回去。

司远森喊住他："尔辰最幸运的不是有我，而是有爸有妈，有个完整的家。你如果心疼孩子，就放手吧。"

沈先礼没有回头，抬头望向月亮，正是农历十五的日子，难怪司远森会选今天带尔辰来找白玺童。

他们一家人的团圆，可不就是建立在自己妻离子散的基础上吗。

司远森说得对，尔辰最大的幸福是有个完整的家，这一点无论是他自己还是白玺童都深有体会。

即使外人看他是含着金钥匙出生的孩子，但这么多年他母亲从来没把沈家当做自己家，把他父亲当成自己的丈夫。她是白昆山的间谍，只是扮演着沈老夫人的角色，演了三十多年。

而白玺童呢，更是无时不盼望自己能有亲生父母在侧。他已经剥夺了白玺童和白昆山的父女情分，难道连她儿子的亲情也要断绝吗？

沈先礼心软了，怎么十五的月亮这么刺眼。

Part 2 ......

司远森和尔辰来了，怎么住成了一个大问题。

白玺童这里虽说有三个房间，但毕竟从买来到现在就都没有怎么好好装修，就连现在两间卧室里的床都是上任房东留下的，另外一个房间就只有个大衣柜孤零零地站在那儿。

沈先礼死咬着白玺童答应过自己离婚之前都会容他在这里住，她被他架在那里不好出尔反尔。撵不走他，就只好另想办法协调。

原本沈先礼还以为白玺童自然会和司远森以及那只猴子，三口人住在一起。但让他大惊大喜的是，无论是白玺童还是司远森完全都没有提出过这个方案。

这也就是说，这两个人之间的关系有待商榷。

只要他们不住在同一间房，给自己当场戴绿帽子，沈先礼还是很识相地听从安排。

可话虽如此，当白玺童提出自己带着尔辰去隔壁和白乐瑶同住时，沈先礼又极力反对，并表示一定要跟白玺童住在同一个房子里，这是他一个合法丈夫的最低要求。

最后无奈之下，方案就只有三种，要么白玺童和司远森、尔辰一起住，要么白玺童和沈先礼，司远森带着尔辰这样分开两间房。但上述意见都被两位男士全部否决，白玺童自然也都不会同意。

于是就只剩下最后一个方案，白玺童带着尔辰一间屋，沈先礼和司远森两个人挤同一间房。

这样的结局只有白玺童成了赢家，非常好，让两个难为她的男人过去吧，这大概是情敌之间最难以忍受的处境了。

但即便如此，沈先礼和司远森也都咬死，无论如何也一定要留在这里，但凡退出了战场，就等于把C位拱手让人。

于是在没有选择面前，再彪悍的敌手也只能握手言和。

临睡觉之前，白玺童看着沈先礼那张上坟的脸和司远森受气小媳妇的样子，满足地抻了个懒腰，回眸一笑："金风玉露一相逢，祝你们……"

还不等二人暴跳，尔辰先冲出来问："妈妈什么是金风玉露？"

白玺童一脸坏笑地抱起尔辰，伸出手先指了指沈先礼，赐名"沈金风"，后指了指司远森，赐名"司玉露"。

尔辰其实根本听不懂，只是觉得他们一定在胡闹，跟着白玺童笑得前仰后合，莫名就觉得好开心，连连喊他们的新名字，末了还不依不饶地问："那他们怎么相逢了？"

"他们呀，在这里相逢，就叫天堂有路你不走，地狱无门偏闯进来。"

随后便幸灾乐祸花枝乱颤地回了自己的卧室，留下火星撞地球的沈金风和司玉露。

司远森本就个人生活非常检点，别说跟男人同床共枕，这么多年女色都从来没近过，根本接受不了，连看沈先礼的勇气都没有。

于是他自认想出了非常好的解决办法，高风亮节地说："小沈总您住这屋吧，我去客厅沙发上凑合一宿。"

按理说这实在是正常不过的安排，但沈先礼灵光一闪，万一自己住房间里不知道司远森一举一动，他趁四下无人偷溜到白玺童床上怎么办。

可这么狭隘的话他又说不出口，岂不是显得自己很小心眼，便只好退而求其次说："算了，你住这吧，我去住沙发。"

反过来其实司远森也和他有同样的担忧，这下可好，明明很好的方案在两人相互猜忌之下，变成了完全不可能实施的办法。

一整晚空荡荡的沙发注定无人问津，两人最后都心知肚明，如果自己绑不了白玺童，那么绑住情敌，至少白玺童是安全的……

不过说归说，两个大男人终究还是受不了同挤一张床的窘境，最后两人公平分配。沈先礼占床，就只好盖着自己的外套睡觉，司远森占被，就裹着被当睡袋跑到地上去睡，互不干涉。

二人在熄灯后反倒自在些。司远森调整了下心理，想了想，就当是住大学宿舍了，当时不也是上下铺嘛。

他便豁然开朗，不再有丝毫的尴尬之色，大大方方地道了声："晚安，小沈总。"

沈先礼却听完头皮都觉得发麻，他真想吼司远森，说晚安就够奇怪的了，干吗还非要称呼自己一下，生怕他不知道是跟他说的吗。

但他不想再有任何语言上的交流，当然，肢体更不行，于是就闷声"嗯"了一下，希望赶快结束这一夜。

司远森倒是彻底看开了，不仅看开甚至还觉得有点新鲜，像是重新找到了校园的记忆。于是真不辜负"夜深人寂寞"这句话，全当沈先礼是知心大哥，一旦开启了话匣就闭不上嘴。

对于这种卧谈会沈先礼是非常吃不消，实际上他还另有打算，想着等司远森一睡着，白玺童半夜起夜就可以溜出去和她聊两句，毕竟今天早上的开头还是不错的。

想到这里就觉得来气，今天根本就是他和白玺童说好的重补的新婚大喜之日，偏就杀出来个程咬金，恨不得一脚踹死他的心都有。

而这个程咬金不仅意识不到自己搅黄了别人的美事，还在那里自得其乐地滔滔不绝。

沈先礼一直忍着，装睡，满心都期盼着这个小兄弟快点入梦吧。

终于他等到了司远森偷偷问他，"小沈总？睡了？"之后他可算是安静了。

熬过了第一关，沈先礼就等着白玺童起夜上厕所的机会。

明明没戴表，沈先礼却好像能听到钟表指针滴答滴答的声音，这度日如年的夜晚要等到什么时候是头。

地上的司远森一点声音都没有，可正当沈先礼以为他已经睡着了，隔壁的门响，司远森却像是弹簧一样从地上弹起来，一个箭步就飞出去。剩下沈先礼在床上咬牙切齿，怪自己轻敌贻误了战机。

好在司远森出去没和白玺童说几句话就回来了，知道了尔辰睡得很好，他也就放下心，本来还担心认床的尔辰会不会睡不习惯，这下他可以踏实地睡觉了。

可沈先礼却错过了能和白玺童碰面的机会，便放弃了这个念头，可虽说放弃，却好像错过了睡眠时间，辗转反侧半天也睡不着。

想到司远森晚上在小院子里和自己说的话，只觉得胸口闷，有喝一大口冰凉的啤酒通透一下的冲动。

反正也睡不着，与其在这里听司远森的鼾声，还不如月下独酌。

沈先礼不喜欢喝啤酒，但好像白玺童近几年很喜欢，尤其是那种易拉罐装的，简直是一剂猛药，时常让她觉得好过瘾。

于是家里的冰箱里的啤酒装了满格。沈先礼本来对啤酒还有些鄙视，但借酒消愁情急之下，也就不那么挑剔了。

他想了想以啤酒的酒精浓度，想给自己灌晕，那怎么着没有一打也得十瓶吧。于是他胡乱抱在怀里一堆，也没数个数，就抱去小院子了。

月亮还是和几个小时前那个团圆夜一样圆，并没有随着十二点的钟声敲响而隐去。沈先礼心想，真是一个不会看眉眼高低的月亮。

但他不知道正是这个不会看颜色的月亮，透过窗纱，亮堂堂地照进了白玺童的卧室，让她好奇于今晚的月色，拉开了窗帘，才看到他在院子里独酌。

"干杯。"

白玺童突然出现在一个人喝闷酒的沈先礼旁边，拎起一罐，轻轻碰了碰沈先礼的，一饮而尽。

沈先礼没有问白玺童怎么还没睡，而是低头笑了笑，又仰头瞄了眼正圆的月亮，说了句："这才像话。"

醉酒的样子分很多种，有些人是痴痴地笑，有些人会倏倏地哭，有人话多，有人酣睡。而沈先礼和白玺童偏偏都是越喝越沉默的人，或者说也许只是在这样一个特殊的日子里才不知该从何说起。

当一桌子都铺满空易拉罐的时候，白玺童已经不只是微醺的状态了，但仍意犹未尽，举着空瓶子也要往嘴里倒，没有酒出来，她还非说是因为没拉开。

她执意要去冰箱里再多拿些来，但刚起身，就在酒精的作用下，身体不受控制，重重地摔在沈先礼身上。

沈先礼把她扶好，撩了下她有些微乱的头发："何苦喝这么多，早早睡觉多好。"

"新婚之夜，至少来跟你喝个交杯吧。"

白玺童从来没跟沈先礼表达过自己的真实情感，有可能连她自己都说不清，也不想面对。所以她给沈先礼的感觉，一直都是在应付，搪塞，以及不得已。

那个晚上，沈先礼很努力地想要记住这句话，想要让自己在清醒之后仍还能想起白玺童这句话里所包含的感情，但那一桌的空易拉罐却没有放过他，即使再怎么拼命想，第二天还是忘得一干二净。

第二天早上，每个人都睡过头，日上三竿仍都处于呼呼大睡的状态。

洛天凡许久没来看望白玺童，也惦记沈先礼，刚从外面出差回来就直奔水墨林苑。

昨晚不知两个人喝完是怎么回去的，外面门倒确实是四敞大开。

洛天凡顺利地进了屋子，喊了半天也没人应答，还以为是没人在。一打开卧室门却吓得大惊失色，像是看到了什么不该看的场景。

"少爷！"

Part 3 ......

只见房间里被子被孤零零地扔在地上，床上却是两个大活人！

准确地说，是两个大活男人抱在一起！

这简直太颠覆洛天凡的三观了，要说早年间沈先礼混迹在女人堆里，洛天凡什么没见过。但再怎么见过世面，也断然不能接受沈先礼和司远森如此基情满满。

正在洛天凡不知所措地卡在门缝里的时候，白玺童带着她那因为宿醉而得来的一身酒气和睡眼惺忪出现在他身后。

"咦，洛叔，什么时候来的？"她一边说一边努力地睁眼，顺带揉了揉那坨乱蓬蓬的头发。

洛天凡还没有搞清楚里面到底什么状况，担心白玺童受不了这新欢旧爱私相授受的打击，遂第一时间挡住了白玺童的视线。

但白玺童对这份用心良苦的爱护并不领情，一把推开虚掩着的门，大摇大摆地晃荡进去，嘴里说道："叫他俩起床。"

这下洛天凡就更满是问号了，怎么白玺童知道这件事？

但伴随着白玺童见到床上的惨状笑到满地打滚的时候，睡梦中的二人便也醒了。

率先睁眼的是沈先礼。

当他看到自己健硕的胳膊在拥抱着另一副结实的一米八的躯体的时候，惊得眼珠子差点没掉下来，尤其是尚无意识的司远森还摸了摸他的头，怎么回事？！

大概是沈先礼人生中唯一一次可以用"屁滚尿流"这四个字形容的时刻。

最惨的是，就在他惊坐起来之后，看到房间里还有两个观众，一个笑到岔气瘫到地上，一个站在门边尴尬地攥紧了拐杖……

谁能告诉他究竟发生了什么。

司远森显然就比较好命了，因为他被这笑声吵醒的时候，沈先礼已经脱离他的怀抱了，他只以为是大家在叫他们起床，根本没有任何暧昧的联想。

甚至还亲切地和洛叔打招呼："洛叔好久不见。"

沈先礼一脸难看，质问他："你先给我讲讲，我是怎么在床上见到你的吧。"

司远森环顾四周，这才恍然大悟道："啊，我记得昨晚后来我起夜上厕所，可能是回来的时候忘了就直接回床上睡了。"

"睡就睡，那你抱我干吗，还摸我头发！"沈先礼不淡定地控诉着，像被占尽便宜的黄花闺女，大有让司远森负责的样子。

司远森自觉死到临头，马上滚下床，毕恭毕敬地站在旁边，九十度向沈先礼鞠躬，要知道惦记沈先礼的女人已经是虎头铡在催命的路上了，何况吃了沈先礼的豆腐……

谁能告诉他，还能活吗？

他紧张到结巴，脸憋得通红："对不起小沈总，我，我把您当我儿子了。"

"我？你儿子？你再说一遍！"

沈先礼真是活久见了，眼前这小子看来真是活得不耐烦了。

"不是不是，我不是说您是我儿子……我，我就是个误会……求您……"

这时白玺童从地上跳起前来救驾，把手机扔给沈先礼，指着照片说："你看看到底是谁抱谁，真是贼喊捉贼，远森甭怕他，是他主动！"

司远森一听更懵了，看不到照片上究竟拍了什么香艳的画面，只是一听到"他主动"，就下意识地裹了裹衣服，还顺便偷偷检查了下自己身上的衣裤……

看热闹不嫌事大的白玺童学着沈先礼惯有的表情扬起眉毛，"怎么样，现在你怎么说？"

于是风水轮流转，换成沈先礼支支吾吾："大概是半夜冷了吧，把他当成……"

"当成谁了？"

沈先礼看了眼白玺童，心想当然是你啊笨蛋，但碍于这么多人都在，不能表现出色欲熏心的样子，只咬牙切齿地说："当成狗，行了吧！"

司远森委屈地觉得沈先礼说他是狗，绝对是在报复刚刚他说他是儿子的一箭之仇。

好在这时，白乐瑶也到了，准备给他们做早餐。

"一大早的，怎么这么热闹，你们在聊什么这么开心。"

白玺童意味深长地坏笑："开心开心，真开心。"

于是大家就借这机会让此事了结了，除了两人早上都格外认真地搓了半个小时澡之外，不再有任何芥蒂。

对白乐瑶，洛天凡倒是印象不错。感觉她比白乐萍更温和，比白玺童更持重，整个人看起来安之若素。

他很是为白玺童开心，能得以和这样的至亲重逢。也算是老天终于觉察到一直以来对白玺童的亏欠，弥补给她来自家人的温暖。

如果说白乐瑶的出现是洛天凡始料未及的，那么当尔辰偷偷溜到他身后，鬼头鬼脑地敲着他，露出笑嘻嘻的小脸的时候，绝对是无二惊喜，一下子把他整个人都给萌化了。

洛天凡当然知道尔辰是沈先礼的儿子，作为沈家家奴一样身份的他看到尔辰，那样的欣慰感想必不会输给别人，很想沈老爷泉下有知沈家有后了。

他蹲下身，激动地眼含热泪，让尔辰摸着他微微斑白的胡子，说："好孩子，你在你妈妈肚子里我就一直在身边，眼看着你从那么小到这么大，今天终于见到你了。"

沈先礼在一旁不乐意地看着洛天凡和尔辰那么亲近，更何况什么叫从肚子里就一直在身边，原来合着洛天凡是眼看着白玺童给自己戴绿帽子啊。

于是他起身走到那边犹如亲人相认的现场，打断洛天凡："你等等，有什么好激动的，搞清楚好不好，他又不是我沈家的血脉。不过是个……"

他说完这话，屋子里其余五个人齐刷刷地望向他，每一双眼睛里都是兵器谱，但凡他敢把"野种"这个词说出口，那他不是死在白玺童的镰月弯刀之下，就是丧命于洛天凡的独孤九剑的刃上。

所以他灰溜溜地补了个："不就是个普通小孩嘛……"

房子里这才恢复祥和的氛围。

沈先礼自从和白玺童每天在一起之后，公司就很少去了，甚至都有些无心过问，大事小情的洛天凡全权做主。

可即便如此，洛天凡觉得还是有必要时时汇报的，至少要让沈先礼对公司的情况有所了解。于是隔三岔五就报告下各个项目的进展和新动向。

今天能面见，当然是要例行公事，聊一聊的。

原来是沈氏集团旗下子公司滕涛物业在并购上出了点事。

说起滕涛物业在集团的地位一向是爹不疼娘不爱的，沈先礼素来对房地产不感冒，他接手沈氏大权的时候，房地产势头正猛，也就没说什么，但始终不主张花太多精力是真的。

这不当国家一出房价调控政策，便如一盆冷水结结实实泼在了兴致勃勃的董事会头上。

限购令让滕涛物业刚竞标得手的滨江新港那块地成了烫手山芋，卖不掉又握不起，又恰好赶在腾涛物业并购虹井物产，财政上一下被做空了。

"这周的董事会，恐怕得劳您来一趟，几个董事意见难统一，还望您主持大局。"洛天凡很少有搞不定的事，这次看来董事会确实闹得很凶。

毕竟虹井物产本身就是比较敏感的日本企业，跨境并购多得是麻烦事。

沈先礼自有想法也早有准备，所以镇定自若，只点头问："董事会安排在哪天？"

"周四。"

"好，我知道了。周四派车来接我。"

沈先礼刚要起身，洛天凡却好像还有话要说，看了眼他。许是太久以来培养的默契，沈先礼问："怎么，还有别的事？"

洛天凡欲言又止，大拇指在光滑的黄花梨木的拐杖上搓了两下，说："他好像回来了，前两天我去泛海船运那边，老庄说看见他的船又出海了。"

"谁？"沈先礼实在想不出除了白昆山之外，还有谁能让洛天凡这么避讳名号，一个他字就可以说明其地位的重要性。

于是即便不太可能，他也还是心有余悸地说了声："白昆山那老贼不是死好几轮了吗？"说完又下意识地看看门外有没有人，毕竟白玺童还在这儿。

洛天凡摇了摇头，反倒觉得接下来说的人，还不如白昆山好让他开口。

他眉头紧锁，低低地说了声："不是白昆山，是陶沐渊。"

沈先礼听完这个名字，先是沉默，像是无动于衷一般，甚至让洛天凡在想他是不是没有听到，要不要再重复一遍。

但片刻之后，沈先礼的手开始不安分地拍打着椅子扶手，继而起身沿着房间踱步了两圈，阴阴地说："丧家之犬，何足畏惧。"

扔下这句话，他就离开了，但背过身之后，他的嘴角却露出笑容，是那种满载着回忆的眼神，似是故人来。

他出门看到尔辰一个人在企图爬到那棵老槐树上，下面的白玺童正在气急败坏地要把他从树上拉下来。

沈先礼心情大好，非但没有出力，反倒伸手一托把尔辰托到更高的位置，刚好可以坐到那根大树枝上，尔辰稳稳地把住树杈，望向远方明媚的春光，开心地说："好棒啊！"

白玺童狠狠踩了一脚沈先礼："我儿子要是掉下来，唯你是问！"

"这孩子啊，就缺一个年龄相仿的玩伴。"

陶沐渊，我们是不是要见面了。

第十八章
摘下星星送给他

Part 1 ......

水墨林苑的房子买到手也已经有半个月了，起初买这里无非就是为了躲避沈先礼，没想到这招根本不奏效。

白玺童坐在空荡荡的客厅里唯一的沙发上环顾四周，脑子里就只有四个字：家徒四壁。

于是她秉承着既来之则安之的想法，先不管沈先礼、司远森、白乐瑶这一干闲杂人等的安排，她首先要让这个家有一个家的样子，打定主意好好装修一番。

家里四个大人做了合理分配，白乐瑶在家带尔辰，沈先礼和司远森跟白玺童一组去筹备装修一事。

说真的，白玺童真是从心底里反抗这个组合，自从司远森回来，他们仨就像夹心饼干一样缺一不可。

尤其是她这个夹心，走在哪里都有两个大男人充当左膀右臂，有时候她上厕所都恨不得多坐两分钟再出去。

最后经过她苦口婆心的劝说，两人终于接受了她轮岗制的提议，一三五沈先礼陪她去选家具，二四六司远森和她一起在家里负责找水管工等改造，周日合家欢。

这总算让白玺童松了一口气，至少不用怕别人问起他们之间复杂的关系，更不用看这两个七尺男儿相互斗法。

谁知相安无事的周一过后，第二次跟沈先礼一起搭班就闹翻了。

沈先礼这辈子哪里干过装修的活，哪怕是挑选家具也都是助理找当下最有名的设计师一手包办的，什么尺寸，什么质地，什么颜色搭配，他通通没有概念。

但为了哄白玺童高兴，让她觉得自己是有用之人，不至于输给司远森，高高在上的大少爷屈尊下凡，找了半宿挑选家具的攻略，等着迎接周三白玺童刮目相看的小眼神。

可第二天，当车停在黎贝卡家具体验馆门口的时候，白玺童非但没有拍手称赞，反而脸都绿了。

黎贝卡家具体验馆是由瑞典设计师Rebecca Wilson一手创办，号称全球最顶尖的家具设计师，每一款都全球限量七具，其中唯有一具是大师亲手打造。

自从白玺童说要买家具，沈先礼连夜就联系了Rebecca，一听说是沈先礼要，遂把全球范围内能找到的几件手工家具空运到H市。

然而当沈先礼满心欢喜地看着白玺童的时候，对她来讲却明明是有惊无喜，她全神贯注地数着那张号称能传世的大床上面标价的零，一度怀疑这是不是从越南运来的，后面的标价是越南盾。

然而当头一棒的却是店员介绍着这张king床是从洛杉矶比弗利山庄店运来的，莉莉·柯林斯就有一张一模一样的，不过眼前的这张比她的还要好，因为是大师手造。

那么……标价上……那一百三十万……不是越南盾……而是美金？！

白玺童二话没说，掉头就走，很怕这么贵的家具，连看一眼都会收观赏费。

沈先礼对于白玺童这种毫不领情的做法实在难以理解，两人各憋了一肚子气，上了车就像打开了水龙头，纷纷抱怨。

"白玺童你有没有鉴赏能力，Rebecca的手造家具你看都不看一眼就走，要知道里面的那些都是连夜空运过来的啊。"

沈先礼还以为是白玺童不喜欢，只觉得这女人眼光这么不国际不高端。

他这么一说，白玺童就更火大："我怎么没看，我就是看了一眼标价才落荒而逃的好不好！你看看那床的价，她不说美金，我还以为是越南盾呢。"

沈先礼这才知白玺童原来是在意价钱，这就更让他觉得不可思议了。

"你清醒点，我沈家一半的财产在你名下，还有白老头的全部遗产都是你的，你会买不起几个家具？你要是想买，滨江三省都跟你姓。"

"哟哟哟，小沈总真是看得起我，也看得起我的房子。我房子才不到三百万人民币买的，囖家伙你直接给我配个一百三十万美金的床，我小庙可装不下大床。"

"所以我当初就说你怎么会买个厕所这样的小房子……"

"嫌破嫌小你别住啊我的沈大少爷！"

俩人你一言我一语真是越吵越气，新仇旧恨一锅端，每次都是以大喊十分钟告终。

白玺童以最后一句话赢得赛点："这是我的房子，我说了算，你爱买，你搬回你的山顶别墅去！"

让沈先礼不得不做出让步："那你说去哪买，我倒是要看看你能买回来什么家具。"

Part 2 ......

大人们为了装修的事忙作一团，尔辰倒是乐在其中。

摆脱了白玺童的管教，在白乐瑶这里他几乎做到了为所欲为。

白乐瑶和儿子母子分离这么多年，做梦都想能团聚，时常悔恨着如果当年自己咬牙坚持一下，会不会命运就和今天大不一样。

她的人生没有机会从头来过，但尔辰的出现却好像是上天给她一次弥补的机会，让她再一次有了为人母的体验。

如果说司远森对尔辰的宠溺是要星星不给月亮的溺爱，那白乐瑶对尔辰的好就是有如外婆般的慈爱。

一日三餐换着样地给尔辰做好吃的，从西湖醋鱼到夫妻肺片，从汽锅鸡到红焖牛肉，总之天上飞的，地上跑的，水里游的，通通做成美味佳肴送进尔辰的嘴里。

每顿过后，他都撑得像个小皮球似的，小肚子鼓鼓地仰在沙发上。

尔辰喜欢依偎在白乐瑶怀里，即使天气再闷热，他也很享受把自己卷成一团和白乐瑶挤着。

说到底白玺童还是年纪太小，和一般的妈妈比起来，她更像是尔辰的姐姐，爱捉弄他，爱和他逗闹，爱和他拌嘴，但在母爱的表达上，很有欠缺。

白乐瑶在这方面对她做出很好的弥补，不仅对尔辰有耐心，还像一个大人的样子让尔辰找到了当小孩子的感觉。

周四，由于昨天沈先礼开会，白玺童跟司远森挑选家具，这边家里空无一人，尔辰把《小猪佩奇》看了好几个来回之后终于坐不住了，央求着白乐瑶带他去外面找小朋友玩。

白乐瑶经不住他磨，顶着外面的阴云密布也带他出去了。

起初还只是在小区里晃荡，但这样的天气，哪会有什么小朋友在广场上玩，尔辰不耐烦地满小区瞎喊："谁家有小朋友下来跟我玩一会啊，有玩具还有一个超级会做饭的姨妈！"

白乐瑶听完扑哧一下笑了，哄着尔辰说："听说世贸中心那里新开了一家室内的儿童乐园，姨妈带你去那里吧，肯定有很多很多小朋友的。"

"噢噢……姨妈最好了！"

果然，下雨天好像全市的小朋友都挤来儿童乐园，岂止是人声鼎沸可以形容的，简直就是一票难求。限定的人数早就到了，门口的小朋友等了一个长排，都在等着里面的小朋友谁离开才能顶了数量进去。

尔辰哪里肯等，自强不息地在售票处那里撒娇卖萌了半天，却并不因此不给他放行，便开始犯起混来。

整个人躺在地上，手脚并用地捶打地面，活像只翻了壳的小乌龟。

白乐瑶手足无措，哄也哄不好，说也不能说，左右为难之下只能请救兵。打通了白玺童的电话，白玺童让白乐瑶把电话给尔辰听，隔着老远，白乐瑶都能听到白玺童声嘶力竭的威胁。

"白尔辰！你要是当个人就赶快给我以人的样子站起来，要是就这么甘愿当个满地打滚的王八，我就让你姨妈现在就把你扔江里去！"

尔辰呢，已经气到丧失理智了，根本就不理会白玺童。

什么电话，什么白玺童，什么威胁，统统不好使，他只要立刻马上进去玩！

白乐瑶没办法了，听着白玺童在家具店忙得不可开交，也就不指望她能过来救场了。毫无跟小孩博弈经验的白乐瑶急得都要哭了。

眼看着尔辰气得嘴唇都发紫，哭嚎得嗓子都哑了，她真担心再这样下去，孩子要出什么问题了。无奈之下，她只好斗胆打通了沈先礼的电话。

电话那边，沈先礼正无比威严地跟几个董事老头开着关于滕涛物业的并购会，挥斥方遒地对相关人员问责，并指明新方向。

手机在桌子上一直震动着，响第一声，他看都没看就挂了。没三秒之后又响了第二声，他担心是白玺童有什么事，看了一眼，瞄到一个白字，却是白乐瑶，便皱皱眉头又挂掉了。

可这边说着并购方案，脑子里却想到了白乐瑶是带着尔辰的，莫不是孩子发生了什么事？

于是在众目睽睽之下，一向最讨厌别人开会时讲电话的沈先礼，啪啪打了自己的脸，回拨了白乐瑶的电话。

"喂，什么事？"

"妹夫啊，尔辰他……尔辰你快起来，尔辰啊……"

"孩子怎么了？"沈先礼一听，还以为是尔辰真的出事了，紧张得马上就起身离开会议室，连交代都没有，就把所有董事扔在那里，径直往外走。

"我们在儿童乐园，但来晚了，没有名额进去，尔辰在这里闹呢，满地打滚，怎么哄也哄不好。我看他哭得嘴唇都发紫，怕把孩子气坏了……"

"等我马上过去。"

沈先礼挂了电话随便在楼下就夺了公司的一个车，撵司机下去，自己连闯两个红灯朝儿童乐园奔去，嘟囔道："熊孩子，就是他妈给他惯的。"

此时雨已经下起来，豆大的雨点打在车窗上，碎成一个大斑点，沈先礼车开得急，差点撞到人。

他上车连窗户都没关上，清楚地看到差点被他撞到的那个路人骂他："开车不长眼睛吗你，开劳斯莱斯了不起啊！你这样不拿别人命当命的人，早晚会遭报应！"

要是放在平时，沈先礼一声令下就能让人把他嘴缝上，但现在他只想着满地打滚的尔辰，无心与他计较。

到了儿童乐园，沈先礼在车窗下的左臂已经完全淋湿了，白衬衫的袖子湿哒哒地贴着他的皮肤。儿童乐园里又满是小孩子吵吵嚷嚷的声音，真是让他感觉浑身不舒服。

他心想，白玺童这对母子还真是喜欢往人堆里挤。

寻着满场最大的哭嚎声，他果然找到了尔辰。

说来这孩子也真是倔强，哭了半个小时了，丝毫不见收敛，用嗓子干号，有时候上气不接下气的时候还哐哐咳嗽着。

白乐瑶吓得一直在旁边陪哭，嘤嘤地流着泪，求尔辰别哭了。

沈先礼看着尔辰为了区区一张门票就哭成这样，只觉得又好气又心疼，想到即便不是他沈家的孩子，但就说是他女人的儿子，也不能这么丢人。

他一把拎起尔辰，端着他的肩膀："小子，别哭了，这么没出息，你还算是个男子汉吗？"

尔辰才不管他什么男子汉不男子汉的。

"我问你，你还认识我是谁吗？"

"认，认识，呜呜呜，是沈叔叔，呜呜呜……"

"今天沈叔叔让你进去，以后你就跟叔叔第一好，你同意吗？"

"同意，呜呜呜叔叔，我跟叔叔第一好。"

说完，沈先礼威猛无比地抱起尔辰，走到售票处说："把你们最大的领导叫来。"

销售票员没认出来是沈先礼，但尔辰她倒是一直看着，只以为是孩子家长找他们要说法，不露惧色回答他："这位先生，我们规定就是如此，所有小朋友都在排队，您找我们领导也没办法。"

沈先礼目光如炬，瞪了她一眼，她瞬间吓得灰溜溜地说："那，那我找我们领导，您自己谈吧。"

一分钟之后，儿童乐园经理到场，一看是沈先礼，吓得差点没跪倒在地上，连笑脸相迎都忘了，只担心自己的乌纱帽。

他看到沈先礼抱着哭闹半天的那个孩子，小心脏都不跳了，心想这下完了，可算摊上事，惹了太子爷了。

他哭丧着脸，求沈先礼："小沈总，是我们有眼不识泰山，没认出您，让小少爷受委屈了，您放心，现在小少爷就能进去玩。小刘，小刘快安排小少爷进场。"

"慢着。"沈先礼本不想多生事端，但一想到在家混世魔王的尔辰在这哭这么久都没人管，只觉得是可忍，孰不可忍。

"你们刚刚怎么说的，不是说是规定，让他进去了，其他小朋友都会闹意见吗？"

"是这样的小沈总，但您看，是您的话，谁敢有意见。不会的，不会的，您进去吧，我们负责摆平他们。"

"做服务行业，对小朋友却一点爱心都没有，这个儿童乐园，我觉得你们在这里工作不适合。"

"小沈总，您的意思是把我们开除吗？虽然您有钱有势，但想必也左右不了儿童乐园的用人权。"售票员小刘不服气地说。

沈先礼挑挑眉："哦？"

他把尔辰放到地上，拨通了洛天凡的电话："立刻收购整个世贸中心，十分钟内让这个儿童乐园给我姓沈。"

Part 3 ......

曾经提到好爸爸，尔辰觉得这世界上任何人都不及司远森。

他总是好脾气地对待尔辰，睡觉前的晚安故事，在白玺童训斥他时的和事佬，给他买很多很多的玩具，以及带他走街串巷吃好吃的。

但当此时沈先礼高高在上地碾压那个不让他进门的售票处的坏阿姨时，司远森往日的好，瞬间失色了不少，他够好，但不够威风。

尤其是沈先礼让人把儿童乐园清场后，对他说："以后，这里就是你的，就算儿童乐园每天只接待一个客人也是你。"

哇，这一刻，尔辰的星星眼像是要飞去外太空了，沈叔叔真是酷炸了好吗！

尔辰看着被临时赶出儿童乐园的小朋友们在外面哭作一团，抱着海洋球的他马上放下它，跑来问沈先礼："叔叔，能不能让这些小朋友一起进来玩？我刚刚也是在外面进不来，很难过的。"

"当然，我说了，这儿童乐园就是你的，你想让谁来玩，就让谁进来。"

尔辰得令，欢天喜地地跑到栅栏口打开门，像是将军号令三军一般对小朋友们说道："你们都可以进来一起玩呀！"

听到这句话后，所有的小朋友都停止了哭声，鱼贯而入，家长自然知道这个四岁小男孩是何等身份，临把孩子送进去之前，都叮嘱他们和尔辰要好好相处。

当白玺童逛完了家具店，担心尔辰这边的状况，赶过来时，看到玩得大汗淋漓满场飞奔的他。

心总算是落了地。

沈先礼看到白玺童来了，洋洋得意地等着邀功，蹭过来，还不忘奚落一下她："你这妈妈当得够可以啊，儿子哭得都要背过去了，连管都不管。"

"还不是因为你昨天弱得跟小鸡子似的，搅黄了我的采购大计，才让我今天返工的，你还好说意思说。"白玺童讥笑他。

但白乐瑶却对今天沈先礼的举动大受感动，这放在哪个女人身上不会被征服啊。她苦口婆心地劝白玺童不要这么跟沈先礼说话，把他的壮举都一五一十描述给她听。

尔辰瞄到白玺童来了，也撒欢似的跑过来，却没有扑在白玺童身上，而是直奔着沈先礼，还笑嘻嘻地对她说，"妈妈跟你介绍一下，这是我最好的沈叔叔，以后我就跟他第一好。"

沈先礼听着白乐瑶和尔辰的夸赞，几乎美得要飞上天，时刻等待着白玺童感动到以身相许。然而别说以身相许了，简直就是恩将仇报。

只见白玺童阴沉着脸，说道："有你这么惯着孩子的吗，你这样都会把我儿子教坏的。我可不想以后尔辰变成和你一样的纨绔子弟，你觉得这样很厉害是吗？"

沈先礼真是从来没受过这样的气，白玺童啊白玺童，你可真是狗咬吕洞宾。

他吹胡子瞪眼地说："你有没有良心，我对你儿子好，你反过来说我教坏他，好，以后我一定不多管闲事，我真是闲的，花了四千万买了一顿骂。"

沈先礼气得扭头就要走，但尔辰却用小手拉住他，不让他走："叔叔你别走，尔辰跟你好，你别不管我。"

他又回头冲白玺童大喊："妈妈你怎么这样说叔叔，如果不是叔叔来，尔辰早就在这里哭死了，哭死了你都不管我。哼！臭妈妈！"

咦？貌似尔辰这个小孩，比他妈妈懂得知恩图报。

沈先礼还有点小感动，抱起尔辰，蹭蹭他的头发，对白玺童说："你还不如一个四岁的孩子知道好赖。"说完就抱着尔辰往外走。

Part 4 ......

回到家，白玺童依然对沈先礼这种教育孩子的错误理念进行着批判，可说完了他，又拎过尔辰来受训。

"白尔辰，今天你表现非常不好！"

尔辰其实也知道自己犯错误了，但他小脑瓜转转，觉得反正自己是个小孩，假装把罪行忘记了，妈妈好像也不能把他怎么样。

"妈妈我回家洗手了呀，我认为我表现非常好。"

"你跟我装傻充愣是吧？白尔辰！"

尔辰不说话，屏住呼吸睁着大眼睛扮无辜地看着她，她就觉得自从回国这几天受了沈先礼的熏染，越发不听话了。

"尔辰，你听妈妈说，今天你做得不对。首先你去儿童乐园门票卖光了，那么多小朋友都在排队，你就应该规规矩矩地等着。哭闹不能解决问题。"

"可是妈妈，怎么没解决问题？我觉得我能如愿以偿地玩一场，就归功于我哭闹了呀。"

白玺童翻了个白眼，在教育孩子这件事上她真是不擅长，她倒吸一口气，告诉自己要稳住，接着苦口婆心地说："售票阿姨因为你哭让你进去了吗？"

"没有，她是坏人！"提到她尔辰就激动起来，也不知道手指在指什么，反正就伸出个小手比画着，气得直跺脚，"我那么哭那么求她都不同意，太没有爱心了。"

"那个阿姨没有错，不让你进是她的职责所在。规则就是规则，你不遵守规则，也没有人会给你开绿灯。"

"可是我最后进去玩了呀，妈妈你怎么解释？"

"那是因为你沈叔叔。"

"那下次再有规则的时候，我再叫沈叔叔来不就行了吗？"

"尔辰你听好，这世界上不是所有问题都可以用钱来摆平。"

第一次听白玺童这么正经地教育小孩，沈先礼实在没绷住，扑哧一下笑了，由于他的这个笑，让原本严肃的场景马上显得搞笑起来，尔辰也顺着他咯咯地乐。

白玺童作为一个母亲的尊严顷刻崩塌。

沈先礼终于成功地引火烧身："沈先礼，你有没有基本的判断，怎么我说得不对吗？"

他放下手机，走到尔辰面前，摸了摸尔辰的头，说："尔辰，这世界上确实所有问题都可以用钱来摆平。"

"沈先礼！"

"像你妈妈觉得钱不是万能的，那只能说明，一是她以前是穷人，这些都是她给自己找心理平衡的说辞，二就是她现在也还没习惯当有钱人的生活。"

白玺童一把抢过尔辰，捂住孩子的耳朵，提高了八个音调对他喊："你都教坏我儿子了，像你这种满身铜臭味的人就不配当爸爸！"

如果说之前白玺童说他也好骂他也罢，但在他心里都是闹着玩的，可这一句他不配当爸爸，真真戳到了他的痛点。

他看着白玺童、司远森和尔辰，三个人坐在沙发上，那么和谐，自己这个不速之客才是格格不入，有什么好参与人家的家务事的呢，儿子又不是他的。

司远森见二人的战火就要烧起来了，便来救场。"儿子，快来跟妈妈道歉，说你以后当一个乖宝宝，一定再也不这样了。"

他本是好意，想让白玺童和沈先礼的矛盾主体重新转移回尔辰这里，毕竟是个小孩子，被白玺童教育两句也就没事了。

可谁料想，尔辰竟一点默契都没有，完全不理会司远森的良苦用心，甩开司远森的手气嘟嘟地噘着嘴："我才不道歉呢，沈叔叔都说了我没有错！"

司远森其实忍沈先礼很久了，他是尔辰的生父没错，但从有了尔辰到他长成这么大的孩子，沈先礼没有一天作为一个父亲出现，可现在他却插进了他们的生活中。

尤其最主要的是，他让司远森觉得自己在尔辰心中爹地的地位岌岌可危。

于是他少有地对尔辰板着脸，说："尔辰你现在完全没有自己的辨别能力，你根本不知道什么是非对错，爹地妈妈不能让你走错路，你要当一个正直的人。"

"我不要当一个什么什么人！我就觉得你们真讨厌，每次都说我，你俩就是一伙的，你就是帮凶！我再也不跟你们好了！我不要你们了！"

说着他就要往外跑，司远森刚要去追他，白玺童气得红着眼圈说："远森你不许追他，让他走，这个没良心的，他都不要我们了！"

然后又看向沈先礼："沈先礼，我儿子变成今天这样，都是你的功劳，好，你带他吧，他归你了。"

其实沈先礼只是不赞同白玺童满口仁义道德的教育理念，自认为站出来说句公道话，究竟怎么演变成现在这样，他一点心理准备都没有。

但尔辰在门口一直在喊他，让他带自己走，他又觉得这个时候不能让尔辰孤立无援，于是一咬牙一跺脚就应下了这份苦差事。

"好，我带走就我带走，你有本事别来要回来，我们沈家不差一个小孩的饭钱。"

说着就抱起尔辰走出水墨林苑，头也不回，毕竟在尔辰面前人设不能崩……

而房间里，白玺童哭得如带雨梨花，只觉得自己养了一个白眼狼，司远森安慰着她，只说孩子小不懂事，可心里却有些失落。

白玺童话到嘴边，差点说出"有什么爸就有什么儿子，真是随了沈先礼了"，但想到屋子里还有白乐瑶，便没有作声，只呜呜呜地哭。

白乐瑶坐到她旁边，心疼地抚着她的后背劝她。

"有孩子还可以气你一下是难能可贵的幸福事，你看看大姐，多希望小石头能把我气得大哭一场。这世间能让你觉得那个生命和自己有关，已是不易。"

而另一边，当车开往沈宅山顶别墅的时候，沈先礼已经暗暗后悔了。

尤其是看着尔辰丝毫没有在水墨林苑的委屈样子，简直可以用手舞足蹈来形容，一会惊叹于沈先礼的高档跑车，一会又冲着对面来车振臂高呼。

沈先礼心想，这小子该不会是司远森派来把他从白玺童身边支走的吧。

不知道现在白玺童在做什么，肯定司远森又会借机当一个天下第一大深明大义之人。沈先礼真讨厌当好人，这些人活得累不累。

不管怎么说，先待几天再说吧，毕竟有人质在手，白玺童即便不找他，他也不信她能忍住不找她儿子。

许久没回沈宅山顶别墅，当他的车出现在山脚大门的时候，门卫正在手机上斗地主，吓了一跳，赶忙来开门。

紧张地向沈先礼鞠躬问好，还偷偷瞄了瞄尔辰，在猜想哪里来的小孩。

尔辰到底还是个小孩子，一点不懂得矜持之道，除了一直"哇哇哇"不离口，就没有其他的感叹语了，就好像世间所有的形容词都不足以描述他的赞叹。

他站在别墅门前的时候，看着尖顶的房子，彩绘玻璃和满墙的琉璃瓦片，惊叹道："叔叔你是带我来迪士尼乐园了吗！"

其实任何人初来沈宅山顶别墅都会忍不住夸赞几句，他也已经习以为常了，在庞大的沈家产业面前，区区一个房子算得了什么。

但不知怎的，他偏就觉得尔辰夸他的家，他一下子觉得很是骄傲，特别开心，甚至还下意识地挺直了腰板。

不仅如此，尔辰越夸，沈先礼越来劲，竟还有了尽一尽地主之谊的风范，亲自带尔辰这儿逛逛那儿逛逛的。

用人们你看看我我看看你的，也没有人能对尔辰的来历说出个所以然来，只是能让沈先礼亲自带领观光，这小孩想必来头不小。

沈先礼带着他在大厅里跑着，尔辰就想试试，这一层到底有多大，等他跑回原地，累得气喘吁吁地躺在地毯上，还招呼着沈先礼一起。

当沈先礼真的和尔辰肩并肩躺在地上的时候，用人们真是不敢相信自己的眼睛，这究竟是何方神圣啊。

尔辰指着侧墙上的彩绘玻璃上的星星图案说："妈妈总说她爱我，说哪怕我让她摘星星她也会摘给我。但我偷偷告诉你沈叔叔，她从来就没给我真的摘下来过！她就是牛皮大王。"

沈先礼被逗得哈哈大笑，他问尔辰，"那你看那玻璃上的是什么？"

"是星星啊。"

"碧云姐，"沈先礼叫米刘碧云，刘碧云对着躺着的沈先礼，一时间站也不是蹲也不是跪也不是的，姿势别扭地在旁边，好在沈先礼很快下达了指令。

"把那块玻璃换了，摘下来星星送给他。"

第十九章

远森，你是夏天的晚来风

Part 1 ......

沈先礼从来没跟小孩子同床共枕过，加上跟司远森共居一室的阴影还在，所以即便尔辰是个小男孩也不行。

他命人把尔辰安排在白玺童曾住过的那间二楼紧里面的房间。

起初尔辰不知道那间房的意义，只当成参观跟着沈先礼进去。

一别多年，这里没有一丝的变化，像是从来没有人居住过，又像是始终都还有人在。

夏风吹开了房间的窗，飘来蔷薇花科的香气，窗帘摆动起边角。

尔辰被这香气吸引，踮起脚尖趴在窗台上，探头望去，看到在庭院灯光照射下的玫瑰园。

他说："哇，这下面是片花园耶，叔叔那是不是橙黄色的？"

沈先礼走过去，怕尔辰踮着脚辛苦，便把他抱起在自己怀里，指着玫瑰园说："不是橙黄色的，是粉白色的保加利亚玫瑰。"

"可是，可是它明明就是橙黄色的呀。"

"那是因为灯光是橙黄色的，才让我们的眼睛误以为花本来的颜色就是如此，不信你白天的时候再看看。这世界有太多的事和人，如看上去的不太一样，有时候不能太相信自己的眼睛。"

尔辰在沈先礼怀里，他软软的短发蹭着沈先礼的脖子，像是一只小猫或是小狗，让人很想就这样宠爱着。

沈先礼本无意教导他，他一向不喜欢说什么大道理，只是这一刻他希望这个孩子这一生可以过得平顺，最好一辈子都不遇坎坷不遇坏人。

可尔辰扭过头贴靠着他的胸口固执地说："可是叔叔，怎么白天的颜色就一定是玫瑰花本来的颜色呢，为什么不是因为是太阳才给了它颜色？"

一句童言无忌问得沈先礼哑口无言，他下意识地亲了亲尔辰的发梢，笑着说："也对，你真聪明。"而这，是他自己都未曾留意到的温柔。

"玫瑰花是透明的，光是什么颜色，它就是什么颜色。就像我也是透明的，世界是什么样了，我就会变成什么样子。对吗？"

"对，你说的很对。"

这天晚上沈先礼第一次尝试给小孩子讲睡前故事，却不是豌豆公主或是三只小猪，他没有课本，没有画册，只对着空气讲着那个遥远得近乎要被他忘记的故事。

一个落难公主被大魔王囚禁在这间房间，可在大魔王对她伸出魔爪伤害了她之后，才发现自己已经爱上了她。

在半睡半醒间的尔辰睡眼惺忪地问他："这个故事我听过，是《美女与野兽》。"说完，他就呼吸匀畅地睡着了。

沈先礼看着他，轻轻地说："这不一样，我的大魔王很帅。"

他出门的时候，刘碧云送来打磨好的玻璃星星。沈先礼把玩在手上，悄悄地又重新开了门，把星星放到尔辰枕边，希望她折几枝玫瑰花送来，这孩子喜欢。

那天晚上，用人堆里炸开了锅，人人都在讨论着尔辰的来历。要知道沈宅别墅空置了这么多年，从来没出现过任何一个女人，更别说能被沈先礼如此捧在手心了。

就连当年以沈少夫人身份住在这里的白玺童也绝对没得到过此般待遇。

如今，以沈先礼在这滨江三省的地位早就不需要讨好任何人，何况他对尔辰的宠溺绝非谄媚，而是发自内心的喜爱。

如此说来，尔辰的身份变得显而易见，几乎所有人都达成共识，这个孩子十有八九就是沈先礼在外面的私生子。

只有刘碧云不以为然，像沈先礼如此谨慎又高傲的人岂会让沈家的骨血外流。

直到早上，这个话题也依然持续着热度。两个小女佣在打理玫瑰园，见四下无人便讲沈先礼的风流往事，讲得津津乐道。

"你说这孩子有没有可能是梁小姐生的？"

"哪个梁小姐？咱们这除了消失很久的少夫人之外，哪里来过女宾。"

"哎呀，那是咱们来得晚。我可是当年在小报杂志上看到过咱们家少爷的绯闻。当时H市说起梁家也是有权势的，那梁家小姐还跟少爷订了婚呢。"

"那后来呢？为什么没嫁给少爷？"

"这……还不是少夫人有手段呗！"

两个女佣眉飞色舞地讲着八卦，都没留意到尔辰就在旁边的花丛里赏花。

等到尔辰插进她两人中间，拉起她们的手的时候，简直把她俩魂都吓丢了，还以为大白天遇见鬼了。

定了定神才发现原来是话题的关键人物，于是两人一串通，势要让案情从尔辰这里突破。

她哄着尔辰："我当是谁呢，原来是昨天来的小少爷呀。"

尔辰从来没被人称呼过小少爷，只以为是她们叫错了名字，赶忙纠正："我不是什么小少爷，我是尔辰。"

"尔辰啊，真是好听的名字。尔辰告诉姐姐你从哪来的？"

"我从那边来的。"说着，尔辰的小手一指，他的本意想指山脚下的大门，意思是自己是走门进来的，但早就辨不清方向的他，最后只好变成了随手一指。

当然了，女佣也对他文不对题的做法不怎么感兴趣，想也知道，他也说不清自己的来历，只好把问题细化。

"我是说，你妈妈是谁？"

这一正中要害的问题，让两个女佣都屏住呼吸，期待解开谜团，尔辰呢，毫不掩饰，一脸骄傲地说："我妈妈是白玺童。"

其中一个女佣惊讶得张开大嘴半天没合上："白，白玺童？你说你妈妈是白玺童？！"

"对啊。"尔辰眨眨眼点点头。

另一个记忆力不太好使的女佣，戳了戳那个反应大的同伴："白玺童是谁来着，怎么这个名字这么熟？"

"你傻掉了！白玺童不就是咱们少夫人吗！"

一瞬间，这个来历不明的小孩子成了金贵的小少爷，两个女佣差点就跪在地上拥立新主了，生生把尔辰抬到刘碧云面前。

正逢清早，别说沈先礼还没有起床，就连刘碧云也不过才刚洗漱整理完，一站到院子里呼吸新鲜空气就看到两个女佣上气不接下气地跑着，一点形象都没有。

她刚要责怪她们，却看到尔辰，不管他是谁，至少是沈先礼带回来的贵宾不假，于是毕恭毕敬向他鞠了一躬："小少爷，早上好。"

"碧云姐！他是真的小少爷！"女佣神色慌张地说着。

"既然是少爷带回来的孩子，自然身份尊贵，我当然知道一定是哪家的金贵少爷，用你提醒！"

"不是啊碧云姐，他是咱家的小少爷！不信你问问他，他妈妈是谁。"

刘碧云不以为意地问了声："那敢问这位小少爷的妈妈是哪家的夫人？"

"我不是什么小少爷，我妈妈也不是什么夫人，她叫白玺童！"

当白玺童三个字传进刘碧云耳朵里时，她还以为是自己幻听了，使劲用食指扣了扣耳朵眼，睁大了眼睛，又问了一遍："你说你妈妈是谁？"

"哎呀，你们怎么回事，这个问题我都回答好几遍了。是白玺童，白、玺、童！白玺童白玺童白玺童白玺童白玺童，听见了吗？！"

这回刘碧云彻底清醒，警觉地马上让两个女佣闭嘴绝不准外泄，但凡有别人知道，都马上扫地出门。

而另一边她忐忑地拨通了已经搬回沈家老宅住的沈老太太的电话。

"老夫人，您可否来一趟山顶别墅？"

刚用过早膳的沈老太太听刘碧云这么没头没脑地请她过去，还以为她脑子秀逗了，真是说话一点礼仪都没了，刚要训斥，却听到了惊天的事情。

刘碧云焦急地把沈先礼带尔辰回来的事说完，末了加了三个惊叹号的语气强调："少爷他带回来的是少夫人的儿子！"

约莫一个小时后，沈老太太迈着蹒跚的步伐走进了沈宅山顶别墅。刘碧云把尔辰带到她面前，尔辰搞不清楚他们在做什么，为什么自己像熊猫宝宝出阳一样被这么多人参观，但依然乖乖地没有反抗。

沈老太太特意戴上老花镜，仔仔细细端详着尔辰的脸，这孩子的嘴巴像极了白玺童，小巧而饱满，像是六月刚采摘下来的新鲜樱桃，红润里还透着晶亮。

刘碧云刚想介绍，她伸出手打断了话，不用说，她自有判断。

尔辰的鼻子因为他还小所以并没有显得有多么笔挺，但水滴型的鼻尖却也能看出白玺童的轮廓，不，准确说来，是白家人的鼻子，和白昆山的也是一模一样。

这孩子要说是白玺童的一点不假。

可当她把尔辰的刘海掀起来，那双眉眼真真切切清清楚楚地摆在她眼前时，她却是始料未及的震惊，连手都控制不了地抖起来。

她拿出钱包，在最里面的夹层抽出一张沈先礼五六岁时的照片，她放在尔辰脸边，每一个细节不差分毫地比对着。

她最后声音颤抖地问他："妈妈可有告诉过你，你爸爸是谁？"

Part 2 ......

"我爸爸是司远森啊。"

自从刚刚跟女佣们在玫瑰园里遇到，尔辰就被拉着四处问妈妈是谁、爹地是谁这样的傻问题，现在他已经没有耐心了，于是他一边揪着刚摘来的玫瑰花，一边这瞅瞅那看看的。

沈老太太狐疑地看着尔辰这双和沈先礼小时候一样的眉眼，基因这种东西不会错的，这孩子就是沈先礼的骨肉。

只是……白玺童为什么要说谎呢？

她依稀还能记得白玺童，那个继承了白昆山杀伐决断的狠绝的娇小的姑娘。当初若不是沈先礼将计就计，也许此时就已经成了她的刀下亡魂。

没错，白玺童在逆境中的坚韧和不服输，以及将人置之死地的能力，完全就是白昆山的翻版。她设计陷害沈先礼的那场谋杀，让所有人都看不出破绽。

沈老太太心想，这个满腹诡计的人又在孩子身上做着什么打算？眼前这个孩子，又会是白玺童替父报仇的诱饵吗？

可沈老太太忘了，白玺童身上另外一半的血来自宛舟，那个心细如尘、上善若水的女子，可以把世间所有仇恨都看得风轻云淡，唯愿岁月静好。

白玺童早已无心恋战，那些冤冤相报何必呢，到头来不过是逝者如斯。没有任何仇怨值得让她用儿子做饵，太平已是她全部的期盼。

尔辰实在不爱被这几个老太婆审问，趁她们一不留神就窜出去，径直跑去二楼，一边跑一边还叫喊："叔叔！沈叔叔！起床啦！快来陪尔辰玩！"

他这样喊没叫醒沈先礼，却把沈宅山顶别墅上上下下的用人吓坏了，就算有天大的事，谁也不敢这么扰了沈先礼的清梦啊。

可尔辰才不管那一套，毫不在意地"嘭"的一声踹开沈先礼卧室的大门，从没被人如此对待过的沈先礼真是猝不及防，只觉得心脏偷停了两拍。

他刚要发作，却被一个箭步就飞到床上的尔辰瓷瓷实实压在身下，想不到他沈先礼也有被当成人肉坐垫的这一天。

负责二楼清洁的女佣吓得脸色苍白，守在门口几乎快要担心尔辰的人身安全和自己饭碗不保。

却不想，沈先礼非但没有大发雷霆，反而就势把尔辰搂在怀里，没睁开眼却笑容满面地哄他："你这小猴子怎么起这么早，和叔叔一起再睡一会吧。"

清晨的阳光被朝露温润了光线，温柔地照在这对父子的脸上，阳光之下，这如出一辙的眉眼，就是揭露真相的证据。

但在沈先礼的眼中，尔辰却像是昨天品鉴过的玫瑰花一样，他在白玺童的谎言里，就让人看不出这昭然若揭的血脉。

"昨晚睡得好吗？"沈先礼嗅着尔辰身上的奶香，问他。

"不太好。"尔辰背对着沈先礼正摆弄着手指头玩。

"哦？怎么不好呢，叔叔家里的房间不好吗？"

"不是不好，叔叔家太好了，只是半夜我醒了之后，就想妈妈了。"

一说起妈妈，尔辰又撇了撇嘴，强忍着眼泪没哭出来，说话声音却有点跑调了。

沈先礼搂紧他安慰道："你是男孩子啊，总想妈妈怎么行呢，以后要云游四方，总会有妈妈不在身边的时候。"

"叔叔你说得对，等长大了我要像你一样厉害，打败那些大坏蛋！"

沈先礼笑得特别开心，哪怕尔辰说的这句话可能是所有H市小孩子的共同梦想，长大像沈先礼一样。

可当过年后他再回忆起尔辰此时的话，只觉这是每一个儿子都会对父亲说的，他很庆幸能有机会当过这个孩子心中的英雄和榜样。

哪怕只有一次也好。

"想妈妈有没有害怕？怎么没来找叔叔？"

"因为我看到了星星！叔叔是你放在我枕头旁边的对不对！我看到星星就不怕了，就好像叔叔你和我在一起。"尔辰团着身子坐起来，亮晶晶的眼睛看着沈先礼，背对着阳光，让他像个小天使般。

沈先礼很满意尔辰喜欢他的礼物："下次不要再说没有人可以摘星星给你，只要你想要的，叔叔都可以。"

尔辰欢天喜地地说："那我一会想吃个冰激凌可以吗？"

"当然，想吃什么都行。"

"早上吃也行？妈妈从不让我早上吃冰激凌。"

"在叔叔家里，你想干吗干吗！"

"噢噢……"

事不宜迟，尔辰飞奔去楼下要吃冰激凌，半路还不忘拐回房间一趟，看看他的星星有没有在床上放着。

当他如愿以偿地舔着冰甜的冰激凌时，沈先礼也下楼来，凑近尔辰，逗着他："给我吃一口。"

沈老太太缓缓走进来，看着沈先礼和尔辰你争我抢地在吃一个冰激凌，笑得叽叽嘎嘎，活像两只兔子。

她好像很久没见过沈先礼这么笑了，自从沈老爷子遇害，他就把自己武装起来，无时无刻不是基度山伯爵一样，用仇恨包裹着自己，活在阴暗里不可终日。

远远的，她盯着尔辰，又看了看沈先礼，恍若时间回到沈先礼小时候，如果当时不是自己……沈先礼应该就不会背负这么多年的血海深仇了吧。

他知道尔辰的身世吗？

沈老太太变得很纠结，她既担心白玺童会利用这个孩子在布什么阴谋，可又希望尔辰的出现能点亮沈先礼的人生。连她自己也说不清这两种想法孰轻孰重。

她打断眼前的天伦之乐，叫他："先礼，你来一下。"

沈先礼正跟尔辰其乐融融，本不想被打扰，但无奈母亲发话，只好跟尔辰使了个颜色，悻悻地随她去了书房。

"你可知这个孩子的来历？"沈老太太内心翻江倒海，但却不露声色，让人看不清她的表情，只转了转戴在左手手腕上那支满绿的翡翠镯子。

"如果您是想说他是白玺童的孩子，这我知道。"沈先礼见到沈老太太那一眼，就知道一定是用人们打了小报告，如果不是沾了白玺童，怎么会劳她大驾这么早赶来这里。

"那你知道他父亲是谁吗？"

沈先礼以为沈老太太听说了尔辰是白玺童和司远森的儿子，而在责怪白玺童婚内出轨，所以对尔辰的存在颇为介意，一点没想到她的用意。

于是他说："是她初恋情人。怎么，我这么承认这顶绿帽子让您觉得给沈家抹黑了是吗？"

"我不是这意思……"

"您不是这意思，何故一早上跑来兴师问罪，您怎么想我不在乎，但请您不要难为一个孩子。更何况……"沈先礼说到这，停顿了一下，像是在试图理清这些年的过往。

沈老太太追问："何况什么？"

"何况我和她之间本就不是普通夫妻那么简单，在两代世仇多年恩怨面前，这个孩子的出现已经不是什么大事了。"

原来沈先礼对尔辰的真实身份一概不知，这倒是给了沈老太太缓口气的机会。她点着头，表面上对沈先礼的话表示赞同，没再过问。

这样一来反倒沈先礼心生疑问，在他心里，这个母亲从来不会如此好说话，尤其在宗室声誉上，即便她从没真心爱过父亲，但就算一个普通的祖母也断不会对儿媳这般纵容。

他站在那里好一会，前后猜测着沈老太太的原因。

沈老太太见他欲言又止的样子，问道："在想什么，没什么事就忙你的去吧。"

"我在想，这不像您。"

"不像我什么？我应该出去把那孩子了结了是吗？"沈老太太不满地瞪了一眼沈先礼。

"我相信如果您想，您会的。"

"你可真是个孝子，能这么想你妈。"沈老太太知道沈先礼和自己一直心里有间隙，就算他们曾合谋利用白玺童上演了一出将计就计金蝉脱壳，但也不过是大敌当前的不得已而为之。

她不愿再和沈先礼起争执，起身便要离开。可还没等走出门，沈先礼突然想到了其中的缘由，声音低沉地问："您能容下这个孩子，是不是因为他有一半白玺童的血。"

"真是好笑，她算个什么人，我何必在意她。"

"可正是这个不是什么东西的女人，让她的儿子脸上有着和白昆山一样的地方。"

"不许你这么叫他，论辈分你也当称呼他一声白伯父。"

时至今日，白昆山这个名字依然在沈老太太心里有着神一样的地位，不容侵犯，不可亵渎。

沈先礼冷笑了一下："如果能选，你大概也希望我是你和那位白伯父的儿子吧。"

说完沈先礼不顾一旁气到火冒三丈的沈老太太，越过她，就要下楼去。

可刚把门打开个门缝，就听到楼下尔辰那稚气的童音在楼下喊着。

"妈妈！你来接我了！"

这曾经囚禁了白玺童的牢笼，让她痛不欲生肝肠寸断的沈宅山顶别墅，她到底还是回来了。

故地重游，她却已经不是当年的落难公主，而是凤凰涅槃后的君临天下。

Part 3 ......

早上白玺童跟司远森打招呼说要来接尔辰回去的时候，其实她心里就很清楚，尔辰不过只是个幌子。

所以司远森主动请缨代劳遭到白玺童的婉拒，像个巾帼英雄一样孤身前往沈宅山顶别墅。

这个于她来讲曾是地狱一样的地方。

当她开车行至山脚处，那曲径通幽的盘山路像是一条能带她穿越回从前的时光隧道，往事历历在目瞬间清晰，那些恐惧、卑微、挣扎与绝望，扑面而来。

她定了定神，告诉自己这一关始终是要过的。

山顶别墅的门卫见白玺童正试图想要进门，便走过去查看她的访问函。

白玺童降下车窗，看了眼认真值勤的门卫，已经不是当年的那个人，难怪不认得她。她本想打电话给沈先礼，让他叫人放行，可碍于昨晚刚闹完别扭，也就不太想自己先主动联系。

灵机一动，想到前些天去动物园，沈先礼随身携带的结婚证因为淋雨他换衣服暂时放到了她包里，她试着翻了一翻，还真的在。

于是她不动声色地把结婚证递给门卫，起初门卫还不明白她的用意，一脸纳闷地想为什么她会用结婚证代替访问函，结果一看到证上的照片后，吓得连忙鞠躬。

白玺童不以为意地把还回来的结婚证撒在副驾驶座位上，想不到这名存实亡的结婚证还能顶门禁卡来用一下。

而当她真真正正站在山顶别墅前，看着一成不变的这里，却胆怯退缩了。

她到底还是把自己想得过于坚强了。

她想回来看一眼，在新加坡无数个梦魇的夜里她都曾这么想。那些满载着恶魔鬼怪的噩梦，都与这里有关。

这么多年，她始终像是一朝被蛇咬的孩子，今天她就是要给自己一个交代，亲手拎起这井绳，看看究竟还能不能伤她分毫。

当初那个为人鱼肉的女孩，已经在五年前死了，那满墙的血迹便是她花魂成灰的最好佐证。

大门敞开着，她站在中间，已是王者归来。

尔辰正自己骑在沙发上玩骑大马游戏，见了白玺童，惊喜地赶忙跑过来，就像丝毫不记得昨晚还跟她耍小脾气，开心地抱着白玺童狂亲。

当初曾服侍过白玺童的女佣见了她都不敢相信自己的眼睛，只是此前听说她毫发无伤，却没料想她有天还会重回山顶别墅。

倒是早上遇到尔辰的两个女佣并不太意外，彼此使着眼色偷偷溜去叫了刘碧云来。

五年没见，刘碧云已经没有了当年雷厉风行的爽利，温和了少许。而白玺童更是从小女孩长大成为女人，甚至是为人母。

老熟人相见，感慨颇多。

白玺童说："碧云姐，好久不见。"

刘碧云微微欠身，毕恭毕敬唤道："少夫人，您回来了。"

此话一出，周围所有原本不识得白玺童的用人都睁大了眼睛，等反应过来后，窸窸窣窣地排成一排，鞠躬敬礼，"少夫人！"

离开太久，不当沈少夫人太久，以至于她都不记得自己曾经还要担如此大的排场，她点头微笑，心里却想要逃离。

她望向那通往二楼的楼梯，想到了曾多少次受尽欺凌。

她以为现在的她身份尊贵，富可敌国，不用再怕任何事任何人，就连曾让她闻风丧胆的沈先礼，也都一改当初。

可为什么当她站在这个房子里，面对着曾困住她的地方，还是觉得心有余悸。

原来，人的身体记忆真的很可怕。就像一个小时候曾被火烫伤的人，即便伤疤已经痊愈，每每见到火苗还是不由自主地有灼烧感。

现在她的身体，习惯了在这所房子里的紧张感，已经成为她的潜意识，不受控制。

尔辰不知道为什么这么多人会齐齐地向白玺童行如此大礼，便捏了捏白玺童的手，喊着："妈妈……"

她这才反应过来，尔辰的身份，在一声"妈妈"之后，显得有多么让人心生误会。她顾不上什么追忆往昔，只觉得当下最紧要的事就是带尔辰离开。

哪怕背后已是非议连连。

可还不等她迈开一步，沈老太太已从二楼下来，站在楼梯上，威严地喊住她："少夫人这刚回家，不打个照面就要离开吗？"

这下想脱身恐怕没那么容易了。

对于沈老太太本身，白玺童其实本没有什么好怕的，当年要不是她有把柄在自己手里，怎会和她结党营私，将自己的亲生儿子送进监狱。

在这深宅大院里，没有谁是干净的，每个人身上的污点都早已把所有的身份地位这些光环都埋没。

只是在人前，她到底还是高高在上的沈老夫人，白玺童始终要给她留三分颜面。

有些话，沈老太太是要当面问清楚她的。

让用人们全部退下后，就连沈先礼也被指派去带着尔辰到后山逛逛，沈老太太下的这道命令本身，就让所有人猜测这密谈的内容。

白玺童岂会不知她的盘算，尔辰的身份怕是要暴露了。

果不其然，沈老太太开门见山，连寒暄客气都免了，直接甩给白玺童那张沈先礼小时候的照片。

白玺童没接，任照片掉落在地上，她低眼看到了沈先礼那张六岁的脸，真是和现在的尔辰如出一辙。

"你还有什么好说的？"沈老太太问。

"那你还有什么要问的？"白玺童反问。

"这孩子，分明就是我沈家的血脉，他是先礼的儿子。"沈老太太斩钉截铁地在陈述一件毋庸置疑的事实，如此清晰明了的事，她无须跟白玺童求证，她之所以要跟她谈，也是要一探虚实，试一试白玺童作何用意。

但白玺童没有作声，是或不是，她都不想说出来，她不会跟沈先礼说，自然也就不会跟沈老太太说，沈先礼儿子这几个字，让她觉得陌生，还没有做好准备亲口说出来。

沈老太太见她不开口，便又说道："你不是恨极了先礼吗，你怎么会留下这个孩子？"

"沈老夫人真是说笑了，你也是爱极了我父亲，还不是一样为了儿子背叛了他吗？"

关于沈老太太和白昆山的陈年旧事和特殊关系，白玺童在还不知道他是自己父亲时，无意间撞到，也正因如此她才获得了沈老太太的帮助，逃离这里。

可当她后来知道自己的身世，再回想沈老太太的所作所为，就成了另一种看待。

而沈老太太听到白玺童对白昆山以父女相称时，刚刚十足的底气骤减，甚至自然而然地换成了面对白昆山时的姿态，变得小心翼翼起来。

她嗫嚅道："我没有背叛他，我只是想让他们都平安无事，可谁承想……"

"你不用说了，我父亲泉下有知自有定夺，他所面对的劫数也是有因有果，成王败寇。"白玺童打断她，她并不想过多地提到白昆山，逝者已矣何苦揪着不放。

沈老太太收回深思，继续说尔辰的身世："你打算把这个孩子怎么办？我听他说，他的父亲另有其人，想来你也已经有别人了。这些年你流亡在外也算太平，可现在携子回来又是为了什么？"

白玺童似笑非笑地走近她，悄声凑到她的耳边说："如果我说，是带他回来认祖归宗，你怕不怕？"

沈老太太听完僵在原地，这一句认祖归宗背后恐怕是让沈家血债血偿，天下没有白来的午餐，白玺童和沈家有血海深仇，岂会为沈家开枝散叶，又别无所求地送回来？

"你到底有什么企图？"沈老太太满眼惊恐地看着白玺童，反倒白玺童成了恶魔一样的存在，使她显得像个孱弱的老妇人。

"我说我没企图，只是带儿子回来看看祖国大好河山，你也不会相信的。我顺了你的猜测，说带他来沈家认祖归宗你也不信。你说，还要我怎么说？"

可人就是这样，当你的敌人告诉你他们的真谋划的时候，任谁也都觉得是烟幕弹。就像石头剪子布，告诉了对方准备出布，那她就一定不敢出剪刀。

所以沈老太太哪里会相信她，"你走吧，带着孩子一起离开，我们沈家不会跟你争他，我只要你别打我儿子的主意，先礼在里面这么多年也算偿还了。不然你说你想要多少钱，我都给你，行吗？"

白玺童语气轻巧地说："你儿子说了，以我现在的身家，要是我想买，整个滨江三省都姓白。"

沈老太太忘记了，白昆山的基业唯有这么一个独生女儿继承，她怎么还会是当初走投无路的小女孩。

"那你说，你到底想要怎么样？"

白玺童从窗户往外看去，沈先礼正背着尔辰准备回来，在草坪上跑得大汗淋漓的尔辰，脸上那样灿烂的笑容是跟司远森时再怎么也不曾有过的。

于是，在沈先礼打开大门的一瞬间，白玺童回答沈老太太的问题。

"我要留在这。"

Part 4 ......

在房子装修竣工的这一天，白玺童当场宣布她决定留下来，暂时不走了。

白乐瑶不知道白玺童是为了给尔辰一个亲近自己生父的机会，只当作是自己此前求白玺童不要走的请求奏效，感动得涕泪横流。

"童童，我的好妹妹，谢谢你为了姐姐留下来。我们姐妹团聚，终于不用再分离，以后一家人永远在一起，真是太好了。"

白乐瑶这么说倒真是帮白玺童找到了最好的说辞，之前她还在绞尽脑汁编造借口怎么糊弄司远森，欺骗沈先礼。这下好了，现成的理由让她的烦恼迎刃而解。

于是她借坡下驴，顺着白乐瑶的话说："是啊，我怎么可能扔下大姐你自己留在这里，无依无靠的，我也不放心，既然你不肯跟我去新加坡，那我就暂时留下来吧。"

相比于白乐瑶，明明最该开心的沈先礼却显得非常淡定，这倒是在白玺童的意料之外。她一边听白乐瑶畅想未来的美好生活，一边偷瞄沈先礼。

这不对劲啊……

她不知道的是她一脸狐疑的样子已经被沈先礼看在眼里，并正心下暗爽，为自己的沉着冷静欢呼鼓掌。当然了，这一切都归功于那天白玺童跟沈老太太这么说，恰巧被他听到了。

这几日来，他既兴奋又忐忑，时刻怕白玺童变卦，于是尽可能地拉低存在感，不要激怒她，至少要等到她正式宣布的一天，才算数。

终于他如愿以偿等来白玺童把这个决定公布于众，他像是个估分的高考考生，迎来了公布成绩，下一步便是金榜题名指日可待。

可有人欢喜有人愁，这个消息对司远森来讲简直就是晴天霹雳。准确说来，是怕什么来什么。

其实打从回来H市，他就总觉得白玺童怪怪的。已经不再像在新加坡时那样对他依赖，尤其是沈先礼的出现，更让他觉得五年来经营的家庭感荡然无存。

起初他还以为带尔辰回来，可以唤回白玺童的心，即便她在自己和沈先礼之间摇摆不定，但看到尔辰和自己，就会怀念起他们的小家。

可他错了，他忽略了血脉亲情，尔辰不仅没有助攻自己，反倒为沈先礼所用。成也萧何败也萧何，尔辰这个关键棋子，他竟没有利用好，真是打错了算盘。

司远森以为是因为尔辰和沈先礼亲近才坏了事，殊不知坏事的不是尔辰对沈先礼的态度，而是白玺童清清楚楚地知道尔辰是沈先礼的儿子。

她是一个从小没有亲生父母的人，对她而言，一个亲生父亲的重量敌得过任何一个十全十美的养父。

尔辰亲近沈先礼，她会想要让尔辰体验一下父慈子孝，有朝一日即便各奔东西，尔辰至少对生父有印象有感情。

可即便尔辰不喜欢沈先礼，她也会想给尔辰和沈先礼彼此一个机会，相互适应，直到握手言和。

是司远森亲手把尔辰送到沈先礼身边，断送了他们的缘分。

有些人就是错过一次，便是终生都找不回来。

他看着白玺童丝毫没有对新加坡的留恋，没有考虑到他们这个曾经的小家存亡，心凉到底，自知大势已去。

眼下除了他一筹莫展，房间里的所有人都在为白玺童留下的决定而欢庆，就连尔辰也为不用离开沈叔叔，不用离开姨妈而开心得上下翻飞。

司远森像是在寄希望于最后一棵救命稻草，小声问尔辰："儿子，你不想回家吗？你不回去新加坡的话，幼儿园的小朋友都怎么办？家里的玩具车大恐龙你都不要了？环球影城也不想再去了吗？"

沈先礼在尔辰回答之前，就帮他说了："幼儿园在这里也能上，小朋友哪里都会有，玩具想要多少都能买，游乐场我可以给他建一座。"

白玺童看不惯他炫富的少爷口吻，跳出来打击他："收好你的臭钱吧小沈总，你再吹嘘明天我把沈氏买下来。"

但尔辰却很买沈先礼的账，扑进沈先礼的怀抱，冲白玺童顶嘴："不许你这么说叔叔，我就喜欢叔叔用钱摆平一切的霸气样子！"

"哈哈哈哈哈哈，好孩子！"

看着他们三人你一言我一语的场面，司远森只觉鼻尖一酸，用几乎只有自己能听见的声音，在嘴缝里有气无力地问尔辰："那你连爹地是不是也不要了？"

大家都在乱哄哄地打闹着，没有人听到司远森无助失望的话。他离席，去门口的小院子里，不忍再当一个格格不入的人。

白玺童以为司远森是去厕所，但见他许久不回来，伸长脖子看到他自己孤零零地坐在外面，就过去看看他。

她怎么会不知道他的担忧。

晚风很好，吹散了她一身的汗，清爽地包裹着她，她并肩和司远森坐在石阶上，说着："远森你知道吗，你就像这夏天的晚来风，让人总是感觉和你相处很舒服。"

司远森很庆幸现在是晚上，白玺童看不清他伤心的脸和眼角的泪，他问："那他是什么？"

白玺童知道司远森说的"他"指的是沈先礼，说道："他是火。"

"那你呢？"

"我是永远十八岁的少女。"白玺童不想把问题说深，借机卖个萌想哄司远森开心。

但今时不同往日，就算再怎么豁达如他，也不会眼看着就要失去心爱的人而不介怀。他少有的不捧白玺童的场，说道："你是普罗米修斯。"

"嗯？"

"为了自己关心的人，宁愿冒着风险去引火，而不在意夏天的晚来风是从哪边吹来。"

"远森，我不回新加坡，你会生我的气吗？"

"会。"

白玺童坐着，把头伏在膝盖上，如墨的长发在白皙的腿上散开，眼睛看向司远森。司远森见她如此，便换成和她一样的姿势，也看向她。

他们四目相对，情侣之间的感觉却早已荡然无存。

白玺童发现自己好像很久没有这么仔细看一看他，从什么时候开始呢？回来H市后，被这些焦头烂额的事情烦扰的吗？

还是生下尔辰后，只顾着孩子，而分身乏术，不再想自己的感情问题？

或是和沈先礼的那场婚礼，她错过了最后选择司远森的机会，便变得生死有命？

也可能是打从一开始杨淇悦说的那句话，她就明白已经再也不配拥有这个清风明朗的少年。

白玺童没意识到自己哭了，眼泪自顾自地从她那双发光的眼睛里偷跑出来，顺着眼眶到鼻尖，成了一条小溪，在月光之下晶莹而斑斓。

司远森舍不得她哭，伸手擦去了她的泪，却不知自己也早已是同样泪流满面。

是该到此为止了，再纠缠也是徒劳。

当初他以为只要他不在意白玺童和沈先礼的恩怨，只要他对尔辰视如己出，只要他努力给白玺童一个家，他就能重新拥有她。

像若干年前他们还是那对无忧无虑的校园情侣，像他们曾山盟海誓过的长相厮守。

可人生从来就不会按照谁以为的道路走，我们避免不了世事无常，更担保不起人心不变。

其实他们都变了，只是他还死守着最后一丝希望，期盼真爱无敌。

白玺童爱他，但，已经是过去时。从"爱"到"爱过"的过程，是谁都无能为力的命运安排。

送走司远森那天，他没让尔辰去，担心尔辰哭闹上火，他也不忍心和这个他一手带大曾形影不离的孩子分开。只在临出门时最后再好好抱他一次，哄他说自己要回新加坡帮他收拾玩具，很快就会回来。

沈先礼也识趣地没有当电灯泡，只让出空档，让白玺童自己送他去机场。

明明不是什么节假日，机场大厅还是人满为患。白玺童怕自己哭出来，一直在找话题："今天机场人真多啊，又没有假期，怎么都跑来了。"

司远森也和平时没两样，微笑地应着："是啊，大概是都过腻了现在的生活，想逃避一下度个假吧。"

"那你现在是不是也是逃避呢？"白玺童抬头看着他，笑容还挂在嘴角。

他摸摸白玺童的头，先是轻轻地，后来力道越来越大，直到把白玺童的发型都弄乱了，全部挡在她的眼睛上，才说："我是在逃避，没有你勇敢，我怕亲眼看见自己输，宁愿在家等你，幻想你还会回来。"

白玺童的视线全被司远森弄乱的头发挡住，这样也好，他也就看不到自己眼里的抱歉和不舍，她说："远森，去找一个真正属于你的家吧。我耽误你这么多年，真自私。"

他把白玺童抱在怀里，不确定这会不会是最后一次，所以倍加用力："干吗不一直自私下去，你可真是个反复无常的人。"

"是啊，我真是个反复无常的坏人。"

身边的人都是前来机场送行的，有人在嘱咐留学的女儿好好照顾自己，有人在扯着嗓子对家人喊一周后来机场接她，还有人在跟地勤人员说要靠窗的位子。

而司远森背对着白玺童挥挥手，大声告别。

"再见尔辰妈妈，尔辰爸爸要回家了。"

第二十章
他是阿拉丁的灯神

Part 1 ......

从头到尾沈先礼都不知道司远森为什么要走，白玺童自然也不会告诉他个所以然，只随便扯了一嘴，司远森在新加坡那边还有工作要忙。

天真如沈先礼为此还幸灾乐祸了一下。

可正当他准备敲锣打鼓庆祝自己胜利的时候，却被白玺童无情地扔出了铺盖卷，直接扫地出门。

白玺童的理论是，当初沈先礼骗她的居无定所家道中落都是屁话，那么大个沈宅山顶别墅在那里屹立不倒，要是白玺童再相信他，那就真是自愿上当了。

为了表明自己绝对绝对没有爱上沈先礼，更不会重新接纳他，白玺童眼睛都没眨就让他从哪来回哪去了。

就算尔辰和沈先礼两人加一起鬼哭狼嚎地求她网开一面，她也没有丝毫犹豫。

最后沈先礼只好可怜巴巴地跟这个被家具卖场堆起来的房子Say Goodbye，可回到富丽堂皇高品位高格调的山顶别墅他反倒觉得浑身不自在。

刚从水墨林苑搬回家的第一晚他甚至都没睡着，最后偷偷摸摸溜去白玺童曾经的房间，才觉得稍微安心些。

枕边是当时摘给尔辰的玻璃星星，沈先礼把玩在手里，不由自主地勾起嘴角，念叨一声，"这小孩"。

这么下去他跟回新加坡的司远森有什么区别，还不是不能每天见到白玺童，这毫无进展的关系，他得想想办法。

倏地他灵机一动，不如就拿尔辰做做文章吧。

第二天，他手里捏着一把的幼儿园宣传册敲开白玺童家的大门。

这是他让谷从雪半夜两点钟爬起来准备出来的成品。

只见他俨然一副幼儿教育专家的口吻，向白玺童介绍着H市这些幼儿园，从公立到私立，从省市重点到国际学校，一应俱全。

"你看这所卫斯理国际幼儿园，是和剑桥大学联合创办的，从小培养孩子绅士、儒雅、尊贵的气质，设有马术、击剑等课程，中英法德四语教学……"

沈先礼像个推销员，把这所幼儿园吹得天花乱坠，白玺童有些动心，毕竟既然决定留下来，也不能让尔辰这个适龄儿童这么在家里疯下去。

她拿起宣传册，参读着上面一一列举的国际奖项，确实算得上首屈一指的贵族学校。

正当白玺童认真考虑把尔辰送去读书的时候，沈先礼画蛇添足地补充道："说起卫斯理国际幼儿园可是老牌贵族名校，培养出一代又一代杰出人才，最知名的校友就是我了。"

他说这话的时候那一脸的骄傲劲，却不料再一次遭到了白玺童的一盆冷水泼来。

"教育最高代表就是你？"

"怎么样，厉害吧？"

"我还是看看这所铁路二园吧，好像至少能还我一个神智正常的孩子。"

沈先礼吃了瘪，心里严重怀疑白玺童是不是眼神儿有问题，居然看不到自己是多么光芒万丈。

这边尔辰被白玺童和沈先礼的争论声吵醒，正准备闹脾气，一听是沈先礼来了，起床气瞬间荡然无存，一路飞奔而来，高喊着："叔叔！我想死你了！"

白玺童一脸嫌弃地看着尔辰这副狗腿子的样子，一个儿童乐园就把他给收买了。

尔辰看到桌子上那些印得花花绿绿的宣传册，还以为是什么游乐园，尤其是刚刚那所卫斯理国际幼儿园，不认字的他只看到上面那些骑马射箭的照片。

他开心地问："叔叔今天是带我去这玩吗？"

沈先礼从白玺童手里抽来铁路二园低质量印刷的小广告，递给尔辰，"不，是去这。"

不明所以的尔辰倒是好说话，对他来讲跟沈先礼去哪都很有意思，于是欣然答应，"行，跟叔叔去哪都行。"

白玺童奸诈地朝他飞眼，"你叔叔要把你送去幼儿园，是不是非常合你的心意？"

一听"幼儿园"三个字，尔辰简直像被雷劈一样，又仔仔细细看了眼铁路二园上面的教室照片，确认无疑。

然后"哇"的大哭起来，甭管什么沈不沈叔叔的，哪怕是孙悟空孙叔叔送他去，都不好使！

多日来好不容易建立起来的友谊荡然无存，尔辰哭喊着要把沈先礼打出去。

但胳膊拧不过大腿，隔天他到底还是被送去老老实实当一个幼儿园学生了。

沈先礼当仁不让地当司机要亲自送尔辰上学，他的本意是让大家都知道知道尔辰是他沈先礼罩的孩子，看谁敢欺负这个转校生。

但却遇到刚正不阿的校长，刚一进校门威风就被灭掉了。

铁路二园的戈校长是一位六十多岁的老头，满头银丝，戴着金丝边框眼镜，看起来像是学术大拿，若不是出现在这幼儿园里，还以为是大学教授。

沈先礼走到哪里不是夹道欢迎的贵宾待遇，偏偏这个戈校长一点不给他面子，不但没有亲自迎接，就连他进门了也依然不冷不热地说了声："学生家长请坐吧。"

沈先礼后悔没有带谷从雪来，一般这种时候都是由身边的随行秘书来帮他塑造御驾亲征般的排场，看来今天不得不自己抖一抖身份了。

他没坐下，威风凛凛地站在戈校长办公桌前，扬着下巴说："戈校长，我是昨天安排人跟您打过招呼的沈先礼。"

见戈校长没有反应，又干咳了一声，自报家门："就是沈氏集团的董事长沈先礼。"

还没有反应！

这下沈先礼不淡定了，说："泛海船运、华信电讯、滕涛物业……这些您都没听过？"

"我看孩子简历上写是新加坡长大的，对于中文水平我要做一个测试。"戈校长懒得理沈先礼，越过他，径直跟白玺童交代。

白玺童敬重地点点头，表示一定配合。

沈先礼不死心地小声又溜了一句："最近还买了世贸中心，您总去过吧？"

结果当然是被戈校长无视了，他只好坐回到白玺童旁边，以不变应万变地要出一口恶气，告诉洛天凡：把这什么破铁路二园给我买下来！换掉这个臭老头！

可在回复信息里看到那一行"对不起少爷，铁路二园是国家直属，不卖"，气焰被秒得渣都不剩。

戈校长给尔辰十分钟时间准备，之后便勒令家长去外面等候，进行入园考试。

数学、英语这些科目尔辰自然不在话下，可到了语文，就明显感到力不从心了，要说平日里说话倒是没问题，但落实到纸面上，他真是目不识丁。

Part 2 ......

好在最后尔辰顺利入园，戈校长说作为一个英语国家长大的孩子，语文水平如此尚能接受。

有惊无险，皆大欢喜。

沈先礼也如愿获得了每日接送尔辰上下学的美差，这时候白玺童才领会到他如此为尔辰的未来谋划的"良苦用心"。

不过可不是什么免费的司机白玺童都稀罕，她起初并不赞成沈先礼的提议，觉得自己可以送尔辰，或是偶尔有事让白乐瑶送就好了。

但都被沈先礼巧舌如簧地反驳了，加上尔辰又惦记着沈先礼接送，他能顺路磨沈先礼带他去哪儿玩玩，死活抱着沈先礼大腿，白玺童才勉为其难地聘用了他。

结果送尔辰上学的第一天，沈先礼就受到了围观，戈校长不吃沈家那一套，不代表所有孩子家长都能不畏权贵。

当沈先礼从家里特意挑选了一辆加长凯迪拉克载着尔辰的时候，他的想法很简单，只以为第一天上学会有很多行李。

白玺童把尔辰送上那辆招摇过市的豪车，简直是要青筋暴起。

"沈先礼，你就不能屈尊低调一次吗，上次去镜水澜你开的那辆车就很好啊，干吗弄这么大这么显眼的车。"

"我这不是怕尔辰第一天带的东西多，小车装不下吗？"

"那你开个卡车也比开这个好啊。"

"敢问这位少女我家没事为什么会预备个卡车？"

"你不是有钱吗，有钱买一辆啊！"

"你这个人真是不讲道理，平时口口声声说我高调，结果我用一辆旧的免费的车送孩子上学，你还偏让我花大几万买个卡车用这一次，真不知道咱俩谁算不明白。"

"我说不过你，快走快走，别停校门口。"

白玺童懒得跟沈先礼打嘴仗，一看临时换车也来不及了，就让他们快走。

沈先礼其实也是第一次开这么长的车，手心里直冒汗，无比后悔自己干吗要逞能不让司机来。心里没底地问白玺童："你儿子第一天上幼儿园，你就这么放心，都不去看一眼？"

白玺童嘴上说着不去，她知道要是自己露面，到时候尔辰肯定更耍赖不进去，但暗地里却偷偷埋伏在学校附近。

知子莫若母，果然尔辰几乎是被沈先礼以推土机般的姿势赶到校门口，那辆招风的加长凯迪拉克虽然没有停在大门正对面，却也不过是几十米开外，还在家长最多的停车场那里。

若说单就看到沈先礼，也许别人还不会那么确定他的身份，毕竟沈先礼能出现在这所平民幼儿园，实属不易。但加上那辆凯迪拉克傍身就不是了，那分明就等于沈先礼把名片别在了胸前。

所以从停车场到校门口这短短的一段路，在送孩子上学的高峰时段，所有家长都达成共识，宁愿冒着让孩子迟到的风险，也要给沈先礼自动让出一条特殊通道。

白玺童猫在人群里，听着周围的窃窃私语，差点没把拳头攥碎。

"你看你看，真的是沈先礼啊！"旁边一个打扮朴实的女家长跟另一个家长说道。

"有钱人的思维真是异于常人，听说他挥金如土，怎么能跟咱们孩子读这种公立学校。"

"哈哈哈哈，不过老实说，他这样走下神坛，更可爱了。"

"就是啊！而且真帅啊，简直是皇上微服私访，体察民情来了。"

"也不好说，说不定是他之前娶的那个贫民媳妇拐带的吧。"

"那这小孩真是他儿子？"

"谁知道呢，私生子吧，你看孩子妈都没来。"

白玺童非常想制止她们的嚼舌根，简直不敢想象之后还会有多少好事之徒去打扰到尔辰正常的校园生活，甚至连绑架这样的意外都开始担心起来。

但她短暂的走神被尔辰校门口的放声大哭打断了。

明明都已经是第二次入学上幼儿园了，白玺童还抱着侥幸心理期待他能心平气和地接受这残酷的事实呢，没想到还是高估了一个几岁孩子的承受能力。

尔辰简直是以树懒的形象，从抱着沈先礼的腿，到抱校门的栏杆，最后抱教学楼的柱子，死命地要回家。

说不心疼那是假的，当尔辰明明没有看到她的人的时候，还在仰天大喊，"妈妈呀，妈妈你快来救救我，我的妈妈你在哪……"

她感觉尔辰像极了丧母的孤儿，孤苦伶仃，尤其是看到沈先礼丝毫没有同情，反而看笑话似的跟他又摆手又咧嘴的，真觉得血缘这东西……好像也没什么大用。

就在她忍不住快要冲过去抱住尔辰的时候，一个长相甜美的小女孩走到尔辰身边，关心地拍拍他的背，柔声细语地说："小朋友你第一天上学吗？不用怕，我和你一起玩。"

瞬间，真的是瞬间，尔辰就不哭了，要是眼泪能倒流可能都会夸张到被眼睛吸回去。看着这么漂亮的小朋友，尔辰这边泪珠还挂在脸蛋上，那边就傻呵呵地"嘿嘿嘿"笑了。

从誓死不从到欢天喜地拉着小女孩的小手蹦蹦跳跳进教室，不到三秒的转变让白玺童如获大赦。

小女孩啊，你就是天使的化身吧！

沈先礼更是为尔辰的桃花运感到欣慰，看热闹不嫌事大地直鼓掌，话到嘴边特别想夸一句，"颇有乃父之风"，好在及时想起不是自己儿子，怎么能夸了情敌。

于是退而求其次，冲着数百名家长的面喊道："好样的尔辰，真不像你妈妈那么尿。"

此时一张黑脸突显在他的身后，杀人般的眼神斜瞟着他的喉结，像是要一剑封喉，阴阴地说："你说谁尿呢……"

沈先礼被突如其来的白玺童的声音吓得一机灵，后脖颈马上就冷汗四起，珍惜生命地回眸一笑，迎上她杀人不见血的目光。

这一波狗粮把周围的看客喂得饱饱的，堪比饕餮大餐，每个女家长的少女心都被点燃，两颊绯红，想入非非。

对于沈先礼和白玺童这对夫妻的罕见合体，让那些做着戴妃梦的女孩再一次相信了灰姑娘的故事，悔恨自己嫁早了。

送走了尔辰，白玺童倒是要好好计划一下自己未来的生活。

她和沈先礼钻进加长凯迪拉克里，一人占据一边的沙发椅，平行躺着。

咸鱼玺童说道："我打算干点什么。"

咸鱼先礼说道："你看我可不可当那个什么？"

咸鱼玺童说道："什么当什么？"

咸鱼先礼说道："就是当被你干的那个什么。"

咸鱼玺童说："滚……"

咸鱼先礼没说话，听指挥地翻了个身。

"我啊，想把这一生重新活一遍。

"想约上小时候的伙伴痛痛快快地跳一场皮筋，大汗淋漓地回家吃上一口冰激凌。

"然后把中学门口的小吃摊从第一家吃到最后一家，特别是那个咖喱鱼丸。之前每次过都被香到，真后悔当时一个同学给我尝一口，我死要面子没吃。"

"还有呢？"

"要是能把大学读完就更好了，"说到这白玺童想到造成她大学辍学的罪魁祸首就是沈先礼，不免气从中来，哐哐凿了两下沈先礼结实的胸膛，"都怪你，不然我都毕业好几轮了。"

"大姐，明明是你求着我要去我家打工的好不好。"

白玺童没接话，跳过这段错误的事实，接着畅想明天。

"拿到毕业证后，我想朝九晚五地上班，可能是银行职员，可能是动物园管理员，或是开一家花店也好……"

"没了？"

"还有最后一条，但我不告诉你。"

说完白玺童就坐起来，看着窗外行色匆匆各行各业的人们说："当一个普通人多好。"

"当普通人这个你不用羡慕，至少你已经做到一半了。"

"哪一半？"

"你长得普通啊。"

"不过，有一点终究决定了你永远不会真的普通。"

"我气质好？"

沈先礼都不知道白玺童的自我欣赏的精神是不是受了他传染，怎么说得这么大言不惭，他看着她手托香腮，一语中的地说："是你嫁给了我。"

半小时后，沈先礼把白玺童安排去了路边一家咖啡厅，就假装公司有事情，让她坐这里别离开，稍后洛天凡会来带他办理尔辰的入园手续。

白玺童信了他，乖乖地在咖啡厅里坐着。

她不知道在这一个小时里，沈先礼争分夺秒在帮她实现愿望里的第一步，命整个沈氏集团秘书处四处联络她小学交好的玩伴，来成全陪她追忆童年。甚至亲自拨通电话，说道："您好，我是沈先礼，我的妻子白玺童想要跟你再跳一次皮筋。"

人人当他傻掉了，他却觉得自己是阿拉丁的灯神。

Part 3 ......

白玺童小的时候一共有三个半好朋友。

一个叫阮佳佳，性格内向，是一个黑色素很少的孩子，脸色苍白，鼻梁上散落着零零碎碎的雀斑，头发也营养不良的样子，很是枯黄。

另一个叫吴悠，住在隔壁单元，对白玺童总是忽冷忽热，每次在学校都装出一副不认识的样子，只有放学回了家才在楼下喊她一起玩。

最后一个叫小芝，没有任何人物特征，白玺童甚至连她姓什么都记不清，总觉得她就像个影子，除非你特殊注意下才会发现她的存在，不然就会在数人头的时候漏掉。

以上三人，其实白玺童都没有多喜欢，不过是因为住得近，没得选，就算再怎么没意思也比自己孤零零地玩耍要好一些。

要说真正的好朋友，只有那半个。

为什么说半个呢，因为它是小芝养的小狗，不具备抻皮筋和配伙的功能。

为什么说它好呢，因为只有它对白玺童最热情也最真心，有次还从小芝家叼了一块鸡腿给白玺童送来，为此还挨了一顿毒打。

当沈先礼看到秘书处提交上来的这些调查信息后，真为白玺童的童年感到悲哀。更悲哀的是，那条小狗几年前还寿终正寝了，沈先礼心想这注定是一场开局不利的重聚。

即便如此他依然硬着头皮操办了起来，想把这些活跃在各行各业的技术人才在上班时间叫来一起，也不是那么容易的。

毕竟无论是烹饪麻辣烫，还是女子会馆SPA按摩，以及月嫂的工作，都不是那么时间自由。

好不容易全员到齐，沈先礼赶忙去接白玺童，当她被带到白勇老房子楼下院子里下车的时候，整个人都惊呆了。

特别是看到跟小时候长相完全大相径庭的三个人，紧张而尴尬地杵在面前的时候，白玺童真后悔刚才为什么要提到她们。

一看到地上摊着的皮筋，白玺童就更崩溃，沈先礼这一波操作看来是要稳准狠地走到底了。

沈先礼看着身体僵硬的白玺童，还以为她沉浸在故友重逢的喜悦之中，免不了自吹自擂一番。

"怎么样，惊不惊喜，意不意外！为了满足你大汗淋漓的愿望，我还特意挑选了烈日当头的大中午。操练起来吧，跳起来吧姑娘们。"

沈先礼，你莫不是在耍我吧……

白玺童现在真是骑虎难下，要是跳吧，这么大个人了，老胳膊老腿的扭腰甩腿的也真是难度大，尤其是和这么一群没有交流没有激情的伙伴一起，就更打消积极性。

正在她面露难色的时候，沈先礼激将地问，"这位白小姐，该不会是叶公好龙吧。"

横竖都是死，谁怕谁。只是不能让沈先礼在旁边看热闹，苍天饶过谁，道高一尺魔高一丈，想让她丢脸？那他也不能独自苟活。

"还不够圆满。"白玺童撇着嘴说，"以前我屁股后面还跟一条小狗来着，跟我特别好，我跳一下，它跳一下，现在没了它整个体验都变味了。"

沈先礼满头黑线，却忍气吞声："等着，我这就让秘书现送一条狗来。"

"慢着，随便的狗哪会跳皮筋。不如……"她憋着坏笑上下打量着沈先礼，"你上吧。"

沈先礼可真是自讨苦吃，到底是有多没事干才会揽这费力不讨好的事。于是高高在上的沈先礼，继被司远森当成儿子搂在怀里之后，今天又不得不变身白玺童的狗陪跳。

可向来没有跳皮筋基础的沈先礼跟在白玺童身后照葫芦画瓢的样子实在搞笑，无心插柳地把几个姑娘都逗笑了。

这一笑，久别重逢的生疏感也就缓和不少，慢慢地也就打开了话匣子。

有一局轮到沈先礼当柱子抻皮筋一动不动，白玺童面对着他跳，跳到兴起，越来离他越近。

白玺童只顾着脚下，丝毫没意识到自己的飞舞的发梢刚好挠到沈先礼的脖颈，挑得他心痒难安，这还不够，因剧烈跳动而抖起的双峰，更是在他眼睛里活蹦乱跳。

沈先礼有些不淡定了，眼看着自己的身体就要起反应，可要是这时候有所表现，真是又要被白玺童说成是色魔淫贼。

他只好找点别的分散下注意力，一会看看白玺童龇牙咧嘴的表情，一会看看她笨拙的步伐，才算稍有缓解。

他有一搭没一搭地跟白玺童聊天："你们女孩子跳皮筋到多大就不玩了？"

正浴血奋战的白玺童随口回答他："小学毕业吧，怎么了？"

"我好像明白为什么了。"

"抻你的皮筋吧，话那么多。"

"哎，你是不是胖了？"沈先礼其实想问她胸是不是大了，但没敢太直接，所以以整体代替局部，蜻蜓点水地问道。

"啊呀！你怎么话这么多，都怪你，我都跳错了！"

白玺童此时已经累得喘不过气来，早上还扬言要痛痛快快跳一场皮筋，也不过二十分钟就败下阵来，人不服老不行啊。

沈先礼做戏要做全套，领着大家上去到白勇的老房子里，家具已经被搬空，家徒四壁的房间里只有一个醒目的双开门大冰箱。

当汗流浃背的白玺童遇到各种口味的雪糕冰激凌的时候，才明白自己为什么会怀念跳皮筋的感觉，一口下去沁凉入心。

她们几个姑娘席地而坐瘫在一起，聊着雪糕的口味，好像终于又是十几年前那一样的小孩子了。

吴悠见沈先礼去阳台抽烟，才试探着问白玺童："童童，你们家后来发生什么事了，我听我妈说……你飞上枝头变凤凰了，起初我还不信。"

凤凰，原来在别人眼里她就是灰姑娘一样撞大运的孩子，只有她自己知道，凤凰不是那么好当的，于是她故作打趣地说："什么凤凰不凤凰的，是一场孽缘。"

她这么说，反倒没人当真，只都默默羡慕她好命。阮佳佳却没有跟其他人一起说话，白玺童见她许久不吱声，问她："佳佳你也一起聊聊嘛，再见面又不知什么时候了。"

阮佳佳欲言又止，但还是下定决心把深藏多年的话问出口："你爸，是不是坏人啊？"

她知道些什么？

白玺童一直以为白勇对她们姐妹的事情没有走漏任何风声，想不到还是被别人知道了，这世间果然没有不透风的墙。

白玺童倒不在意别人对白勇的评价，只是她怕她们问起那些不堪回首的往事。

她便含糊其词，避重就轻地说："嗯，经常打我们，毕竟只是收养来的女儿。"

"不是啊，不只是打你们吧。我记得小时候有次玩躲猫猫，你爸的海鲜送货车刚好开着门，我就躲进去，藏在一排大桶后面。我看到……"

"看到什么了？"吴悠八卦地凑近。

阮佳佳瞄了眼白玺童，见她没有要打断的意思，就如实说："看到他爸在对乐萍姐做不好的事，当时她叫声特别大，给我吓坏了。"

"所以后来听说乐萍姐还企图跳河自杀也是因为这件事？她被救上来之后是不是才改的现在的名字，以前叫什么来着？也是白乐什么。"吴悠顺着阮佳佳的话继续理清当年街头巷尾的八卦。

白玺童并不是喜欢她们议论她家里的事，家丑不可外扬，何况还关系到姐姐们的颜面。

只是这些陈年往事，从来没有人能跟她聊聊，一直以来像她心口的大石，如果今天被说破了，是不是就能把这份压力挪走。

半天没说话的她叹了叹气，纠正她们："不是改名字，是根本就不是同一个人。跳河的是我大姐白乐瑶，被救上来之后就离家出走了。而你们刚才说的白乐萍是顶替了大姐身份，是后来的我二姐。"

这消息对另外三个老邻居来说简直是比白勇的丑事还让她们惊讶的新闻，三个人你看看我，我看看你，怎么会竟没有一个人发现这件事。

要知道顶替一个人的身份是多么难的事情，先不论手续，就哪怕长相再相似的人，也不可能做到完全一样啊。

吴悠说："童童这是真的吗？怎么我从来没听我妈说过，我妈那人那么八卦，要是真有这件事她肯定会在家里说啊。"

"不会错的，我找到我大姐了，现在就在我家，和我生活在一起。"

"可是……"

就在几个姑娘还准备继续就白乐瑶的身份进行探讨的时候，沈先礼一根烟过后，重新回到屋子，也就没有人再敢说什么。

他拍了下手，笑盈盈地对白玺童说："起来吧懒蛋，接下来是下一场了，你们中学门口的小吃摊可都出摊喽。"

几人分别之后，各自带着疑惑各走各路。

唯独从头到尾都没有只言片语的小芝却是一副完成任务的样子，松了一口气。

待人散，她坐在公交车站的休息长椅上，任车一辆辆地经过，她也没有上车的打算。她定了定神，拨通了一个电话。

"乐萍姐，我见到童童了。"

Part 4 ......

第八中学位于老城区的怀安街上，虽然比不上后来兴起的那些私立中学校舍恢宏，但怎么说也是老牌学校，生源依然兴旺。

兴旺到来这条狭窄的小街光学生自行车就能堵得水泄不通。

"不合理，太不合理了。学校就该让这条路设置单行，学生自行车停在隔壁街，正好小跑过来，还能加强体育锻炼。"沈先礼面对进进不去，出出不来的窘境很是不满。

白玺童没理他，早就说过了正是学生放学的时间，怎么可能开车进来，他偏不听，简直是自讨苦吃。

她才无心管他到底有没有地方停车，走不走得动，全身心地都在注视着街左侧的小吃摊和街右侧的一家家小店。

光看还不够，她降下车窗，透过身边这些乌泱乌泱经过的学生，深吸一口气，这十里飘香简直就像印度人吹笛子，把她的馋虫变得像小蛇一样，在她心里扭来扭去，跃跃欲试。

啊，是煎饼果子的味道！

错不了！

那葱花、香菜混着鸡蛋液被烙得香甜，脆脆的薄脆被包裹其中，配以香肠和金针菇，被刷上由芝麻酱、腐乳汁、甜面酱等混合的酱汁，简直是人间美味。

这五块钱的充饥之物，曾是白玺童多年异国他乡的美梦，只需一口就能瞬间回到当年那些被煎饼果子养大的年岁。

于是她顾不得沈先礼，打开车门夺门而出："不加辣，谢谢！"一系列动作如行云流水一般，控制在三十秒之内。

待沈先礼来到她旁边的时候，已经半个煎饼果子下肚了。

她这才反应过来问："你车呢？"

沈先礼抬了抬下巴，给白玺童指明个方向，只见那辆加长凯迪拉克就那么赫然停在川流不息的道路中间，让本就交通拥堵的小街更没有喘气的空间。

挤在一起的学生们反倒没什么怨言，只是每个人都扯着脖子好奇地欣赏着豪车，更有甚者还伸手摸了两把。

"你怎么停路中间了？"

"过不来，堵死了。"

"你那么停，不违章吗？"

"罚呗。"

"那这些孩子们怎么办，不是更过不去了吗？"

"绕路，条条大路通罗马，从后面走。"

"沈先礼我发现你怎么这么自私呢。"

"那咱走，别吃了。"

"……"那还是……就这么堵着吧，反正午休时间也长，来得及回家的，嗯……

沈先礼是真不明白这一水的煎饼果子、鸡蛋灌饼、手抓饼、烤冷面、章鱼小丸子、炸串、烤串、涮串、奶茶、炒冰、刨冰……有什么好吃的。

跟着白玺童一家家走下来，觉得白玺童已经半锅地沟油下肚了。穷人的欢乐请恕沈少爷Get不到。

"阿姨，鸡排还有吗？俩！牛排呢？俩！五根台湾烤肠，一排豆角，对对对，鸡杂不能忘，十串！还有这些、这些、那些一样来两串……"

白玺童第一次有了挥金如土的感觉，看着周围中学生看她的眼神，她只想告诉他们努力学习，看见没，这就是有钱人吃炸串的方式！

末了，她还扯着嗓子喊道："不加辣！"

当她终于端着一大铁盘的炸串拉着沈先礼坐进塑料棚下面的小塑料凳的时候，看着沈先礼已经感觉快要吐了。

那滴着油汤的凤尾，那糊了一层黑黢黢孜然粉的香肠……

但白玺童却浑然不知沈先礼此时的反胃感，自顾自地沉浸在路边摊的美味世界里，吃得摇头晃脑的，陶醉地闭上眼睛。

最让沈先礼郁闷的是，这里没有桌子，为了让白玺童吃得酣畅，沈先礼就得当人力餐桌，给她端着这油腻腻的大铁盘。

他实在忍不住抱怨说："你这穷人的胃也真是够可以的，我吃河豚也没你吃鸡排吃得香。"

"什么？我还穷？你刚才没看到我土豪的样子吗，我点串的时候都没问价钱！"白玺童不服气，眼珠子都惊讶得要掉出来了，这可能算她从小到大最挥霍的一次了。

"有钱有钱，快吃吧，后面还有十好几家等你呢，我都怕你有钱没胃。"

"你尝尝，不是你尝尝，真特别好吃，我不骗你啊，一般人我还不给他呢。"如此好吃的美味不能她一人独享，尤其是她早就预料到这大少爷肯定会埋汰她，唯有把他一起拉下水，才能平起平坐，谁也不用说谁。

于是她挑了一串卖相最好的鸡杂就往沈先礼嘴里怼，还没对准，后半截都蹭到他腮帮子上了。

沈先礼敌她不过，再躲下去白玺童能捅到他眼珠子里，反正横竖都是死，尝一口也算是不枉娶了这么个贫民窟长大的女人。

真是娶鸡随鸡，娶狗随狗。

当那一饱满的鸡杂，不知是鸡肠还是鸡肚塞进沈先礼的口腔时，胃里那些昨晚吃的山珍海味开始不淡定了，翻江倒海，不止胃，好像牙也一起造反，咀嚼起来只感到力不从心。

"好吃吧？"白玺童期待的小眼神看着他，像是在迫切地需要拉到同盟一样等着他入伙。

他不忍心扫她的兴，边生咽这些边角余料，边说："好、吃、极、了……"

白玺童还以为真的安利成功，兴高采烈地跟伙伴分享起战利品，每一样都送到沈先礼嘴边，让他逐一品尝。

不知道是白玺童喂他这样亲密的举动让他对一切都甘之如醴，还是真的是由于新鲜而打开了味蕾的新领域。他竟一口接一口吃了，觉得炸串这种东西还真是好吃。

　　到后来完全不用白玺童给他拿，他自己就吃着碗里惦记锅里了，就连白玺童都吃完了，他还在叫炸串阿姨再加十串鸡脆骨。

　　"还有什么？"自从炸串让沈先礼眼界大开后，他越发对这些路边摊期待起来。说是他带白玺童圆梦，反倒看起来像白玺童带他出来长见识。

　　到了咖喱鱼丸店，沈先礼甚至都走到白玺童前面先进店，明明一次都没来过，但有了之前炸串摊的经验，他显得轻车熟路，挑了个离锅最近的地方一屁股坐下，招呼着老板："老板，来十串鱼丸！"

　　白玺童忙拉住他解释说："咖喱鱼丸跟刚刚炸串不一样，没有一起来十串的，咱们每人两串就够了。"说着，就找老板更换菜单。

　　等老板端上来的时候，沈先礼被这从没有过的低端咖喱惊艳到，这既不是印度咖喱，也不是日本咖喱，更有别于泰国绿咖喱，入口微甜，辛辣而不呛喉。

　　再一咬这鱼丸，嘿！Q弹爽滑不粘牙，嚼劲适中，还有那种深海鱼鲜味。这哪里是地摊货，分明就是特级厨师的拿手好菜。

　　这时他想起来白玺童一路上都不要辣的，还以为她吃不了辣，便问："你不是不吃辣，怎么这个咖喱的辣度受得了？"

　　白玺童那边同样往嘴里左一颗右一颗地塞着，一边不停地吃，一边回答他，"我吃辣啊，前面没让加辣是怕刺激嗓子，后面就吃不下东西了。这家咖喱鱼丸是最后一家了，随便吃。"

　　听到"最后一家"这几个字，沈先礼还有点意犹未尽，暗暗遗憾应该前面再有个百十来家任君挑选。

　　好在白玺童又后补了一句："对面还有家饮料店也特别好喝，以前我同学给我喝过一口彩虹冰霜，我差点就为此嫁给他了。"

"什么？能买得起饮料的人还能娶你？"

这时学生们差不多都吃完了，摊上没什么人，老板百无聊赖地在旁边听着他们聊天，抽空还互动了一下："你俩看情况是回母校找回忆来了？"

"我母校，他不是，带他来开开眼界来了。"白玺童一脸骄傲地自报家门，表明她才是自己人。

老板点点头，说："唉，这些地摊有什么好吃的，都是糊弄学生的，要不是有回忆在，谁还能再特意来找。"

"没有啊老板，这么多年走南闯北的，我独就想这一口。"

"那是你，你问问这小伙子爱吃吗？"

小伙子用实际行动回答了老板，三下五除二就把几串鱼丸收入囊中，并以饱嗝作为完美的句号。

白玺童跟老板使眼色："农村来的乡亲，没见过世面，吃什么都觉得好。"

老板没说话，默默多送来一串鱼丸，用关爱可怜人的眼神看了几眼沈先礼。

沈先礼接过来，从竹签根一口撸到竹签尖，一蹴而就。紧接着拉过老板来，问："你别在这摆摊了，去我家当厨师吧。"

有了先前白玺童说他是农村来的前话，老板只当他是开玩笑，特别是白玺童还冲老板比画了自己的头，意思是沈先礼脑子不好使。

见邀请不成，沈先礼非要老板当场教授他烹饪技能，只是这可是人家的饭碗岂能轻易泄露商业机密，于是说什么也不肯。

最后沈先礼屁颠屁颠回车里取了五万块钱当场拍在老板面前，就为买一个配方。

十分钟后他捏着纸条：超市咖喱粉六两、咸盐一勺、鸡精半点、白糖少许。

如获至宝。

第二十一章
为了你，我可以做尽傻事

Part 1 ......

重走童年路的白玺童神游了一天，终归是要回归孩子母亲的身份。

下午四点钟放学，她三点出头就到了，牢牢地占据了有利地形，也就是大门口最中间的位置，等着给尔辰一个大大的怀抱。

小时候，她每次从幼儿园出门都会找白勇半天，多数时候是姐姐接她，有时候他们有什么事情还会忘记接她这回事，她就自己在学校里面玩。

好在她乐在其中，既不想回家受白勇的打骂，又能自己制霸这滑梯，何乐不为呢。

但每每看到小朋友欢天喜地地冲出校门，看那想爸妈、想回家的样子，她还是会好奇。究竟那是一种什么感觉？

直到她生了尔辰，在新加坡时第一次送尔辰上学，她才知道什么是母子分别的离别之痛，什么是放学后的归心似箭。

所以今天，尔辰上新的学校，她要让儿子一出校门就看到她，她也要第一时间知道他这一天过得好不好，开不开心，有无委屈或忐忑。

沈先礼可不能感同身受。

跟着白玺童跑来一大早就等在这里，绝对只是色欲熏心，想着多跟白玺童腻一会。

他不擅长等人，在遇到白玺童之前，他只有让别人吃闭门羹的份。但现在却不得不在这里浪费时间，没错，等待就是最浪费时间的行为。

沈先礼心想，要知道他的时间那可都是论秒算的，沈氏集团分分钟的生意就够买下这座幼儿园了，真是胆大包天居然敢让他等。

而规矩也从来都是他给人制定的，他只要为所欲为就好了。什么四点钟放学，三点半来了就三点半叫孩子出来，三点到就三点带他回家好了。

"真搞不懂你，不进去接，还非要这么早来，是什么逻辑。明天我给你找个兼职，你碎片化时间利用，这一个小时在这里发传单小广告好了。"沈先礼身体力行地为她出谋划策。

"不爱来别来，没人求你在这碍事。"

哇，白玺童等儿子的样子真是认真，直直地盯着大门看，明明还有好几十分钟，她的表现却好像马上就有儿童大军冲出来一样，一不留神就能错过尔辰。

就她这样，别说尔辰了，从门缝里飞出只苍蝇她恨不得都能看清单眼皮还是双眼皮。

她就以一副雕塑的形态保持到了四点。

"铃铃铃……"放学铃声响了，尔辰却不是第一个跑出来的。

白玺童还微微有点失望。

当妈妈的心情就是这样，要是孩子第一个出来，她会觉得孩子是不是过得不好，也没学好习，就想着回家。但如果孩子不是第一个出来，她又会沮丧地想自己没有被儿子想念，怕他在幼儿园玩疯了，不想回家。

她挨个孩子数，数到第三百零四的时候，才是尔辰。她一把抱住他的时候，才发现紧跟其后的三百零五。

三百零五是早上对尔辰主动搭讪的小天使，她糯糯地喊了一声："阿姨好，我是尔辰的新朋友，我叫夏夏。"

介绍完自己，还龇出一口小白牙，嘴角都咧到了酒窝，笑得好灿烂。

"你叫夏夏啊，小天使，早上多亏了你陪着尔辰进学校，阿姨谢谢你啦。"白玺童见了夏夏就喜欢，原来她不止热心友爱，可爱甜美，这么小说话的思路也难得的清晰。

便蹲下来保持跟夏夏视线平齐，摸摸她的头问："夏夏你妈妈呢？阿姨过去也跟你妈妈打个招呼吧。阿姨在这里也没有朋友，好吗？"

但夏夏听完她的话，却把头低下了，低落地说："我没有妈妈。"

还有什么比这句话更让白玺童爆发强烈的母爱的，她像是看到了小时候的自己，孤苦无依，恨不得马上就把她领养回去。

但好在夏夏瞬间又恢复了元气："不过有很多人都很喜欢夏夏的，有爸爸、哥哥还有阿姨，今天又多了个好朋友尔辰，所以我很开心的。"

白玺童猛点头说道："对对，夏夏是幸福的夏夏，白阿姨也喜欢你。"

就在这边白玺童开展外交的时候，沈先礼却耐不住性子了，站这么一个小时他腿都要断了，他才不管什么夏夏什么有妈没妈的，只想快点接走尔辰回家。

"那小孩你快去找你家长吧啊，我们要回家了。"然后捞起半蹲的白玺童。

白玺童给了一个白眼，又转身柔声细语地对夏夏说："改天来白阿姨家跟尔辰玩，我们就先走了。尔辰，跟夏夏拜拜。"

"拜拜妈妈，你先走吧，夏夏家还没有人来接她，我在这里陪她。"

尔辰说完就领着夏夏打道回府，重新走进幼儿园。

白玺童好像看到了二十几年后的尔辰那娶了媳妇忘了娘的样子，免不了顾影自怜一下，幸得沈先礼出手相救："没事，我也这么对我妈的。"

很好，她多少心理平衡了少许。

尔辰不让他们跟着进来，白玺童就只能干巴巴地站在校门口傻傻地等，直到家长都散去，夜幕都降临，这俩孩子还没出来。

她寻着笑声找过去，看他们正在玩扮家家酒的游戏，她刚想开口，就被尔辰吼了声："哎呀妈妈，你把我老婆给我做的炒韭菜都给踩烂了！"

白玺童低头一看，不过是放在纸上的几根草，要放在平时早就不理尔辰的无理取闹，但看在夏夏的份上，还是略带抱歉地说了声："对不起啊他老婆。"

夏夏红着脸摇摇头，白玺童说道："这么晚了，夏夏啊你要不要给家里大人打个电话问一下，怎么还没来？"

夏夏说："白阿姨，我不知道他们电话……"说着也发觉天色已晚，心里一下子没有了安全感，眼泪就要掉下来。

白玺童没办法，哄她道："那要不先和尔辰回白阿姨家吧，我留个地址给门卫叔叔，要是你家人来接你，就让他去我家。"

之后他们一行四人就回了水墨林苑，车子刚停稳，还不等司机下车，白玺童"嘭"的就关上车门，对沈先礼完全是一副"拜拜了您呐"的样子。

最后在沈先礼以晚饭相诱惑之下，白玺童才同意他司机转行厨师进家门。

但一开门，白乐瑶已经做好了香喷喷的饭菜，等他们回家。

沈先礼心满意足，不费吹灰之力又获得了赖在白玺童身边一顿晚饭的时间。

两个孩子吃饱喝足之后，就在客厅里玩玩具，白玺童偷偷跟沈先礼耳语："你说这么晚了夏夏家长也不来接她，怎么一点都不担心孩子吗？现在这社会多乱啊……"

没想到夏夏听见了，一板一眼地告诉白玺童："白阿姨你别担心，我家经常这样，我习惯了，不害怕。"

正说着，白玺童电话响了，传出声音："喂您好？请问您是哪位……""哦哦，夏夏是在我家，好的那您现在过来接吧。"

夏夏开心地蹦蹦跳跳，高喊着："我哥哥来接我啦！"

二十分钟后，水墨林苑白玺童家的小院门口站着一个帅气逼人的型男，即便灯光昏暗看不清具体五官，但那头日系大叔范儿的半长头发和下巴上的胡茬，以及那一身棉麻质感的衣服，看似无心却处处透露着高品位的细节。

他按响了门铃，浑厚的嗓音却夹杂着轻佻随性的语气问："夏夏小姐可否随在下回个家？"

这声音……怎么这么耳熟呢。

沈先礼拦在白玺童和白乐瑶前面，以一家之主的身份把夏夏送出门，还没等走近，就惊得下巴都要掉下来了。

愣了半天，最后连吸气带呼气地循环往复了几次才让自己平静下来，最后在已经理性的范围里，惊叹道："怎么是你！"

夏夏不知道沈先礼为什么看到来人会这么惊讶，房间里其他人也不知道他这是遇见了谁。而门外的沈先礼在经过短暂的失色后，马上又恢复理智。

"怎么回事，你怎么死回来了。"沈先礼让夏夏暂时回去跟尔辰再玩一会儿，点上根烟，激动得手心都有点出汗。

"狗不嫌家贫，丧家犬不是也得回来看看吗？"

"你还有脸回来，我要是你掘地三尺都把自己给埋了。当年你出事，别以为现在时过境迁没人记得了，我劝你还是留着命给伯父养老送终吧。"

"怎么H市这么大，容不下我一个陶沐渊。"

来人正是陶沐渊，那个沈先礼从小到大最好的玩伴，却也是他亲手毁了他原本锦衣玉食的一生。

沈先礼本以为今天是安排白玺童故友重逢的一天，没想到老天爷却把这个晴天大雷炸到自己头上。

"这夏夏是你女儿？"

"我妹妹。"

"论辈分，那你叫我叔叔吧。世侄。"

就在二人谈话期间，夏夏犯困吵着要回家，白玺童送她出门，笑容刚准备好，还没见人就先说："夏夏哥哥，以后常带夏夏来我们家玩啊，你妹妹可真可爱。"

下一秒却一眼认出这个所谓的夏夏哥哥，居然好死不死的是陶沐渊。

气急败坏地喊出和沈先礼如出一辙的话："怎么是你！"

真是冤家路窄的一个晚上。

Part 2 ......

白玺童怎么也不会想到夏夏的哥哥居然就是从新加坡回国飞机上吐了自己一身，还出言不逊的那个讨厌鬼。

沈先礼更是怎么也不会想到，白玺童和陶沐渊之间是怎么八竿子也打不着，却还能认识一下的关系。

于是三人面面相觑，空气中满是新仇旧恨，有险些丧命的不共戴天，也有一面之缘的鸡毛蒜皮，幸好夏夏及时出手相助，拉起陶沐渊的手说了句，"哥哥我们回家吧。"才得以告终。

陶沐渊临走，给了沈先礼意味深长的回眸一笑，就消失在月色中。反倒是留下沈先礼站在院子里，还在想着这出人意料的重逢，只觉意犹未尽。

白玺童在旁边聒噪且愤愤地讲着在飞机上和陶沐渊的摩擦，沈先礼却出了神，当他以为终于逃离了过去的血雨腥风时，却好像一切的恩怨又要卷土重来。

尔辰一个人在房子里等急了，哇哇地叫了起来，白玺童一路小跑进屋去。沈先礼隔着落地窗看着饭桌前这一大一小，这份安宁与平实，在这一刻成了他的软肋。

他不再是狠毒无畏的沈先礼，第一次感觉到害怕变故。

尔辰朝他招着手，他深吸了几口气，装作没事的样子，做回他们所向披靡的英雄。

许多事，在睡过一觉之后，就显得没那么糟糕。

当沈先礼一睁眼看着阳光明媚，心情难免就好了起来。

经过一夜的失眠，清早才睡，而此时醒来已是日上三竿。不仅错过了尔辰上学，就连白玺童也不见了踪影。

他起身喝了一杯白水，才发现水杯下面压着白玺童留的字条：我出门去找工作了。

找工作？

沈先礼不知道白玺童又是要闹哪样，打了几通电话过去也没人接，便转头过问了洛天凡那边公司的情况，又对和陶沐渊的再次见面简单言语了几句，安排了眼线盯住这小子。

这房子里空空如也的时候，原来好像也不是那么的小。

来不及多想，沈先礼的肚子已经开始和脑子较劲。素来吃顿饭有用人前呼后拥的沈先礼，此时竟落了单，一个人吃饭的孤寂让他迈不开步子踏进那些钟鸣鼎食的饭店。

一旁白玺童的iPad刚好充满电亮了一下屏幕，一个外卖APP一下子就闪进了沈先礼眼睛里。不如试试这平民的点餐服务，想来跟酒店叫餐也相差无几。

当打开外卖APP，沈先礼像是打开了一扇新世界的大门，满屏幕的各色小吃应有尽有，加之有了之前和白玺童在八中门口的吃摊经验，沈先礼还是对这次屈尊点外卖很有把握。

订单已下，他仰在沙发上，静候午餐上门。

却未曾想，午餐和白玺童同时上门，而她还是用脚踹开的大门。

一进屋就风风火火地喊道："渴死了！快给我倒杯水！自己在家里无所事事点什么外卖，小区一出门就有那么多小饭店嘛。烦人，害得我横穿了大半个H市，为了在规定时间送达，差点被车撞。快给我五星好评。"

白玺童这一溜烟说了这么多话，听得沈先礼都不知道该从哪里问起好，最后在她的催促下，赶紧去端杯水来。

看着白玺童一饮而尽，他顾不上吃饭，全身心地都在盯着她这身外卖员制服，那是一身荧光粉，在手臂处掺杂着两条大白条，后背上印着一个熊猫脸的图案，还有一行公司名称"熊猫外卖，稳准狠快"。

"女侠，你不觉得你自己这身衣服很像小时候看电视里面的，什么机甲战士吗？"

白玺童给了说风凉话的沈先礼一个白眼："小时候家里穷，没看过电视。"

吃了瘪的沈先礼没想到这样的话能从白玺童口中说出，自己反倒先有些不好意思起来，继而转移话题："你怎么好端端地跑去送外卖呢？"

"我怎么可能像你一样整天在家里混吃等死，我可是有尔辰那么大个儿子要养，不出去赚钱，吃什么喝什么？"

对于白玺童这种睁眼说瞎话的本事，沈先礼算是见识了，明明就是自己玩心重想要体验生活，非要说成生活不易才行，对于此种行径，沈先礼心下一想，也许就是忆苦思甜。

于是又问："你说你体验生活的心，我理解，但你也挑个有意思，清闲又有情调的工种吧。之前你说什么来着，去花店卖花之类的，不就挺好吗？再不济当个都市小白领也比送外卖强，不是吗？

"你懂什么！我大学都没毕业哪家招白领会要一个辍学问题少女，说到底还不是你害的！"

就在沈先礼准备反击的时候，白玺童新的接单信息提示，她套上荧光粉的头盔，腾的一下就从沙发上弹起来，潇洒地说："我去工作了，你别忘了好评。"

在白玺童离开的半小时后，沈先礼才开始后知后觉地想到她刚才搞笑的样子，看着家里毫无生机，顿时心生一计。

再次点开熊猫外卖的APP，轻车熟路二次下单。果不其然，不一会儿白玺童就端着一盒刨冰又把门踹飞，送到他面前。

而这次，沈先礼可比第一次见她时经验老到许多，他用勺挖着刨冰，美滋滋地说："我发现这外卖真好用，你一下变得随叫随到。"

白玺童心中明知他的奸计，自己越是理他，他越是来劲。干脆打定主意，不去理他，摔门就走。

沈先礼却对这场游戏乐此不疲，遛了白玺童四五个来回，气急败坏的白玺童终于忍不住大怒。

沈先礼却像是不知道犯了什么错误的小孩子一样一脸委屈地说："我照常给钱，你照常工作，何罪之有。你啊，不能把工作带到情绪中去，一看就不是个好员工。"

白玺童从刚才开始就气不打一处来，就是他让自己初次工作就这么狼狈，还敢在这里批评教育，二话不说，就把头盔塞进沈先礼的怀里，扬起下巴说道："你送，给我打个样，让我也见识见识好员工的标杆。"

沈先礼偶像包袱还是有的，莫说是送外卖，就连叫外卖他都是第一次，高高在上的他如何做得了这份苦力。

他这样骑虎难下是白玺童早就预料到的，一把抢过头盔，信誓旦旦地说，"自己没能力，就没资格说别人。小沈总，说不定你当员工还不如我呢。"

沈先礼放不下身段不假，但更为看中的是在白玺童面前的颜面，话说到这份儿上了，他岂有退缩之理，必须要让她心服口服。

于是故作姿态地把那顶头盔套在脑袋上，拉起白玺童就跨上了电动车，潇洒地问：“下一单是哪里？”

可光是从家门口骑到小区大门，沈先礼就险些带着白玺童摔个人仰马翻。什么豪车都能驾轻就熟的他，电动车却是稀罕物，连自行车都没摸过，想瞬间掌握平衡谈何容易。

幸好他天生身手敏捷，勉强也算是上了手。从馄饨店取到馄饨，到送去给点餐顾客，这一路他都算是畅通无阻，想着白玺童在身后惊讶的表情，他兴致高昂地还哼起了小曲。

眼下就是上楼送餐了，只要有这头盔在，沈先礼就如同有了面具，他安慰自己全当是演员演戏了，只要没让别人认出他是沈先礼，他就是硬挺也要给白玺童看看什么叫能屈能伸。

可好运不会一直伴随着他，等他和白玺童走到门口，开门的人却一脸怒气。

他拼尽全身的好脾气，尽量温和谦逊地说：“先生您好，您的外卖到了。”

这句话他上楼之前跟白玺童在楼下练习了整整二十遍才过关，可就在他以为万无一失的时候，对方却根本不伸手接过外卖，反而颤抖着一身肥肉找碴说：“我让你们半小时送到，你足足用了三十二分钟才到，你上没上过幼儿园，不知道半小时是多少分钟吗？”

要搁平时，这一句话足以让这个胖子死无葬身之地，但今时不同往日，沈先礼如果发火，就意味着他失去了指责白玺童的权利，他回头看了眼白玺童，一旁的她果然正在幸灾乐祸，一副等着看好戏的姿态。

沈先礼咬了咬下嘴唇，不停地催眠自己，是演戏是演戏，这才把气焰吞下，保持风度地说：“表有快慢，两分钟而已，您也不必太较真吧？”

"什么？两分钟，而已？！你个臭送外卖的，知道我的两分钟有多宝贵吗？就因为多等你的两分钟，我少看了两分钟的股市，上下就是几千块，你懂什么呀！"

很好，在这一刻，这个胖子价值两千块的两分钟，打败了原本可以值两千万的沈先礼的两分钟，可即便沈先礼捏得拳头已经青筋暴起，依然初心不改，低头认错，没错，沈先礼居然因为这样一桩小事就认了错，这是让白玺童始料未及的。

他说："先生对不起，是我工作失职。"

可对方还是不依不饶，继续难为道："你这是道歉的态度吗，你连头盔都不摘，没有起码的态度。我不要了，你拿回去吧。"说着就要把沈先礼拒之门外。

这一刻沈先礼忍无可忍，用手拦住正在关上的门，咬着牙说："你当真要我摘下头盔？当心吓死你。"

Part 3 ......

"你要干什么，威胁我？哈、哈、哈！我怕你打我不成！"那胖子不知大难临头，还在逞强。

沈先礼岂会以暴制暴，他要以更强大的手段替外卖界为民除害。

只见他摘下头盔，那张犹如名片一样的脸出现在胖子眼前的时候，他如何都不相信眼前之人会真的是沈氏集团的沈先礼。

但在他停止思考的空当，沈先礼已经拨通了洛天凡的电话："今天的股票，给我把大盘拉到跌停板。"

说时迟那时快，他把胖子按在椅子上，任由他盯着屏幕看自己的股票由红变绿，不出十分钟就跌停板，汗珠滴答滴答地往下掉，惊恐得说不出话来。

末了，沈先礼对他说："这下你不用担心多等的两分钟会错过两千块了，安心吃馄饨吧，一跌到底了。"

说罢他一回身又补了句："不用感谢我，顾客是上帝，我将竭诚为您服务。感谢使用熊猫外卖，我们的口号是，'稳准狠快'。"

沈先礼的模范员工展示自然以失败而告终，自觉没了脸面的他，难免在白玺童的嘲笑中抬不起头来，谎称公司还有董事会要开，就逃也似的消失得无影无踪。

沈先礼在上次又成功地多赖在白玺童家之后，白玺童对于他这种赖皮行为已经习以为常。结束了一天的送餐工作后，接回了尔辰，却左等右等都不见沈先礼回来。

尔辰看着白乐瑶做的一桌子香喷喷的菜直流口水，小手攥着白玺童的手指问："妈妈我们是要等沈叔叔回来才能吃饭吗？"

白玺童最是嘴硬之人，哪里会承认自己在等沈先礼，马上反口说："等他干什么，好不容易今天他没来蹭饭，我们快把好吃的都吃掉。"

可话说出口容易，管住心却难。这一顿饭她吃得心不在焉，满心想的都是沈先礼一反常态必定事出有因。

晚上等白乐瑶回去隔壁，尔辰抱着玩具睡着后，她一个人坐在大厅里，握着手机，犹豫半天也不知道该不该拨通沈先礼的电话。

一想到他得意扬扬的样子，又一狠心把手机关机了，断了自己的冲动。

可是家里真安静啊。

她寄希望于他会在夜里回来，也许只是公司有事情在忙也说不定。她整晚都睡得不踏实，稍有风吹草动就以为是他回来了，假装去上厕所，可看他平时住的房间里还是空无一人。

连她都说不清自己这是怎么了，闭着眼睛，一直默念："白玺童，你可要争气啊，怎么能输给那个男人。"

清早的风吹得和煦，一辆不算太新的蓝色宾利，左边门拉手下面甚至还有一条不浅的刮痕。可即便如此，宾利到底还是宾利，停在那辆粉红色的熊猫外卖的电动车旁边，还是有种鹤立鸡群的卓越感。

水墨林苑不算是什么太过高档的小区，看到这样一辆豪车停在这里，免不得吸引了几个围观群众，哪怕是在分秒如金的早上，依然引得连连称赞。

倒是白玺童睡过头，错过了送尔辰上幼儿园的时间。当她抱着尔辰从家里狂奔出来的时候，差点一头撞上这铁皮车。

"想不想开着你的新坐骑去送尔辰上学？"沈先礼的一脸骄傲和白玺童的狼狈形成鲜明对比，可白玺童却不以为意，全然不知道他在骄傲个什么劲儿，连看都没看那辆宾利，跨上她的小电动车就要启动。

沈先礼见她要跑，忙拦住："你自己要去念幼儿园吗？孩子都在车上，你这是要送谁？"

白玺童这才回头一看后车座是空的。

一路上她一言不发，不知道是不是因为昨晚沈先礼反常的没有出现，让白玺童闹起了小孩子脾气，还是因为早上的慌乱，总之她心情糟透了，不想跟沈先礼说话，只眼睛盯着表，希望尔辰能尽快到幼儿园。

就连到了幼儿园门口，都是沈先礼把尔辰带到教室，她只顾着自己在车里生闷气。

沈先礼回到车里不理解地看着她气得脸鼓鼓的样子，顺势掐起她的腮帮子问："怎么一大早气得跟河豚似的？"

见白玺童不说话看着窗外，沈先礼伸出胳膊搭在她的脖子上，这才惹得她冲他大吼。但他并不松手，拉过白玺童，与她额头碰额头，近到甚至能听到彼此的呼吸和心跳声。

他问她："送给你的车你不喜欢吗？小沈老婆？"

经他这么一提醒，白玺童才反应过来，这辆车好像似曾相识。

她睁圆了眼睛，可脑袋又被沈先礼勾着，想转身好好看看车，也没机会，就龇牙咧嘴地问："这车是送我的？你早说啊，我都没看，还以为又是你随便的什么车呢。"

"你都不记得了，早知道我随便买一辆送给你了，何苦折腾一晚上四处去找。"沈先礼像努力做完作业还没有得到妈妈奖赏的小男孩，脸上居然是委屈的神色。

白玺童一下子不知道怎么说起，难道昨晚沈先礼的失联是为了这辆车？它到底神奇在哪里，让沈先礼觉得非它不可？

她从沈先礼的怀里挣脱出来，走下车，只觉得眼熟，却想不起来在哪里见过，胡乱猜测，"这不是你的车吗？"

沈先礼一只手抚着它，一边说："几年前沈氏遭受重创的时候，我把它卖了，当时你问我怎么换车，我看出你的喜欢，承诺你等有朝一日我一定把它送给你。"

"不过是句玩笑话，没想到你居然会记到现在。"白玺童从未想过沈先礼会是这样的男人，这个将她置于死地都能不顾的他，怎么会有如此柔软的内心。

而她的一句话，多年过去，他竟会一直记在心里。

沈先礼自顾自地说话："昨晚你有没有想我？"

有。

即便白玺童死都不会承认他不在的时候，她一个人有多坐立不安，可那一次次地望着窗户的举动，她欺骗不了自己的心。

但她还是说："没有。"

沈先礼不看她，她这样的回答是他意料之中的。他笑了笑，这个女人，就是这么爱装。

可白玺童还是忍不住问他："昨晚你去买车了？"

"是啊，跑去隔壁G市了。之前就让谷从雪去找，却被人糊弄。看似一样，但根本不是我以前那辆。没办法，别人都不认得，只能我亲自找。听说被卖到掉G市，我连夜赶过去的。幸好一看还真是，没让我白跑一趟。"

沈先礼点燃一支烟，像是在和白玺童闲话家常，而这辆车所承载的往事也都涌上白玺童心头。她记起来了，在她跳滨江大桥的早上，沈先礼就是开着这辆车救她的。

她问他："你现在有没有过悔不当初？"

"走的每一步，做的每一个决定，都是深思熟虑过的。没什么好后悔，即使重新来过，我也还是会那么做。我现在需要的，不是后悔，而是补偿。"

两个人坐在车里，沈先礼没有目的地开着车，问她："你今天不去送外卖了吗？我这工作车都给你配了，你怎么三天打鱼两天晒网呢。"

白玺童经过昨天的体验，好像并不是很喜欢送外卖的工作，跟自己在电视中看到的都市丽人差别有点大，看着眼前的沈先礼，突然开窍，打起沈氏集团的主意。

"为了对得起你的车，今天开始我要转行了。"

"去干微商？"

"No，No，No，我准备当一当都市小白领。"

"你昨天不是说没有公司肯请你吗？"

"可是没关系啊，我自己就有一个公司，你忘了吗？"

"这么说来？"

"走吧，小沈总需要一个临时秘书。"

沈先礼是很喜欢和白玺童腻在一起不假，但不代表小沈总认为她能胜任秘书一职。想到每一份合同都是天价，他暗自担心经她手这么一弄，会有多少零数错。

可是没办法，哪里敢拒绝少夫人的要求呢。

沈先礼轻车熟路地就到了沈氏集团门口，他们夫妻二人合体出现在公司，还是头一次。不止保安，可以说几乎是路过的所有人看到都会行注目礼，还有没忍住的，悄悄拿起手机偷拍了照片。

一向走路带风的沈先礼这次为了照顾白玺童放缓了步伐，这样一来让整个人都看起来温和少许。

就在二人刚进电梯时，白玺童接到一通电话，在电梯关门的一瞬间跳了出去，留下沈先礼自己被电梯带至六十六层顶楼，隔着电梯的玻璃看着她逐渐变小。

而白玺童这边在"喂"了四五声后，终于与对方成功搭建起信号。

很意外的，来电话的居然是司远森。自从他回新加坡后，二人心照不宣，再无往来，所以当白玺童看到电话上显示的名字是司远森，很怕电梯里信号不好影响了收讯。

"远森？"

而她身后，是沈先礼担心她找不到正确楼层，怕她没人指引，就折返回来接她，还嘲笑她说："难道你不知道华信通讯是沈氏的吗，要是连自家公司的信号都铺不好，他们恐怕也别干了。"

可这句玩笑全然没有被白玺童听进耳朵里，因为电话那边司远森放出一枚重磅炸弹。他说："那个白乐瑶，是假的。"

第二十二章
这世界以你为名

Part 1 ......

白玺童不敢相信自己听到的这句话，正好旁边大风吹起，她不知是不是寄希望于是因为风声而让自己听错了，皱着眉一遍遍地问："远森，你说什么？"

而电话那边司远森又岂会不知道白玺童的难以接受，他等待着她冷静下来，然后慢慢跟她说："听我说，这段时间我一直在查白乐瑶，却根本查无此人。从始至终你只有一个姐姐就是白乐萍，她不过是在当年的事故之后性情大变，才让你有了幻觉。而现在谎称是你大姐的人，就是在冒名顶替。"

"不可能，这怎么可能。小时候的事她全部都知道，就连我喜欢吃的菜，我小时候的事情她都一清二楚，如果她是假的，这些她怎么会记得？"

白玺童的眼神空洞，太阳穴像被一个无形又冷酷的手攥在手里，把她拧得生疼。当初沈先礼连同精神科医生把她弄到记忆错乱，导致她轻度幻想症，明明已经很久没犯过了，怎么现在……

司远森说道："你冷静，一定要冷静，这不是你的问题，是有人处心积虑安排她在你身边。"

"是谁？"白玺童心下已经有了不好的预感，她一边听着电话，一边把头转向身后的沈先礼，即便他离她有三五步的距离，可从她的表情就知道有事情发生。

可就在沈先礼要走过去询问的时候，白玺童却伸出手拒绝他靠近。

因为电话那边说："是沈先礼，他买通你的邻居和儿时玩伴，调查了你所有的事，然后让那个自称为白乐瑶的女人适时地出现。"

这不是不可能的，白玺童想到就在不久前沈先礼还轻而易举就找来她几个儿时的朋友来陪她追忆童年跳皮筋，想调查与她有关的事情还不是易如反掌。

"他为什么这么做？"白玺童想不通如今白昆山已经死了，对他而言自己还有什么利用价值，值得他如此大费周章地欺骗她。

可她忘了，沈先礼所有的动作有了新的目的。

"他想把你留在他身边。"

是啊，白玺童怎么忘了这一点。这个男人一向是不达目的不罢休，她是领教过的。

只是她没有想到，沈先礼在用当年面对血海深仇时的技能，如今在对付自己。

这到底是该感动，还是该愤恨？

她不清楚，她只是有气无力地对司远森说："我知道了。"

她放下电话，沈先礼问她："发生了什么事？"

她盯着沈先礼的眼睛看了足足有半分钟那么久，在这双眼睛背后是多少算计。当她以为他终于不再是当年工于心计的沈先礼之后，他却原来从始至终都不曾改变。

沈先礼见她状态不对，知道一定是那通电话说了什么，他从未有过的紧张，如今对他而言，没有什么比白玺童更重要。他要白玺童的心，毫厘不差，不能有任何闪失。

可她却只字未提，只说："幼儿园来电话说尔辰调皮不肯睡午觉。"

听她这么说完，沈先礼松了一口气，哈哈大笑起来："我当是什么事呢，看你面如死灰的。这小事有什么好生气的，小孩子嘛，我小时候也这样。"

可出乎意料的是，白玺童情绪激动地大喊了一声："你是你，他是他，我的儿子为什么会和你一样！"

这一声吼引得众人纷纷侧目，沈先礼轻轻抱住她，也不知道她是为什么会发这么大的火，只好说："是我说错了，我只是把他当成……"

他本想说，他只是把尔辰当成自己的儿子了，可话到嘴边哪里说得下去，只好停在一半，尴尬地沉默着。

白玺童吸了吸鼻子，冷静了少许，说："对不起，我大姨妈心情不好。回家去吧。"

那天的晚饭吃得格外安静，整间房子只有尔辰一个人在说单口相声，沈先礼瞄着白玺童的脸色不见回暖，很怕惹怒了她，晚上不能再留宿这里，便尽量降低存在感。

连白乐瑶都发现了今天白玺童的反常，以往不管白玺童跟谁发生争执，但在自己面前一定是笑脸相待，可自从她进家门开始，不仅对白乐瑶的问话只是敷衍，甚至连眼神都极尽闪躲。

一顿饭过后，白玺童以带尔辰睡觉为由回房间，把门关得死死的，就是一种变相地将沈先礼和白乐瑶拒之门外。

白乐瑶低声跟沈先礼说："她好像发现了。"

"你？"沈先礼没想到这天衣无缝的安排居然会败露，依着白玺童的性格她肯定会第一时间拆穿，若真发现白乐瑶是假的，又怎么会闷声不语。

白乐瑶继续说："你打算怎么办？如果她真的找来白乐萍对质……"

沈先礼没有马上回答，而是点燃一支烟，吞云吐雾了几口之后，志在必得地说："你放心吧，她不会拆穿你的。"

"为什么？她之前对我好，是因为把我当成她大姐，可一旦知道我是假的，她就不一定会这样了。"白乐瑶有些担心地问。

"她对你好，不是因为你是谁，而是在于她希望你是谁。她从小最想要的就是一个亲人，在白勇和白乐萍之后，你对于她来说就是救命稻草。不用你自辩，她就会掩耳盗铃地骗自己下去。"

沈先礼说完这些之后，坐在院子里，第一次觉得自己好卑鄙。他的一生就是在尔虞我诈的算计里长大，本想对白玺童真心真意一次，到头来连为她好都是抓住她的弱点而展开攻势。

也许最初他确实想过利用白乐瑶来留下白玺童，可当他看见白玺童有了这个大姐之后的幸福，才是他做这一切真正的意义。

可她，是不会相信的吧。

那天之后，白玺童几乎是把沈先礼当成空气了，哪怕是对白乐瑶慢慢变回和从前一样，但对于沈先礼，她并没有原谅他。

倒是尔辰成了他们之间沟通的桥梁，甚至一到了晚上，尔辰就粘着沈先礼，让他讲故事，如此一来就给了沈先礼留宿的理由。

沈先礼有了这个得力助手，也算是置之死地而后生，赶忙讨好他。一来二去之间，二人的感情就更加牢固。白玺童眼看着他们感情升温，也没有干涉的意思，甚至在表情里都写着理所应当的神色。

沈先礼在尔辰身上看到了希望，晚上抱着尔辰在被窝里，他讲的故事格外好，因为每一个都是自己的原创，每一个故事主角都叫沈先礼，打怪兽救公主，他像是化身成无往不胜的英雄，让尔辰崇拜得五体投地。

一天他看着尔辰的星星眼，突然想到留住白玺童在身边还可以剑走偏锋，只要拿下尔辰，就是通往罗马的捷径。

这么想着，他盯着尔辰看，看着尔辰因为刚刚的故事笑得前仰后合的样子，发现他的眉眼长得还是很俊俏的。想了想，带出去冒充是自己的骨肉，也是能混得过去，并不会有什么令人质疑之处。

然后他在心中默念了几遍，"沈尔辰，沈尔辰"，听起来也很是入耳嘛。

可就在他为新计划自鸣得意的时候，隔壁传来白玺童的声音："尔辰，过来视频，爹地想你了。"

一听是司远森，尔辰连一半的故事也不听了，欢快地跑下床去，甜腻腻地隔着好远就呼喊起"爹地"来。

见他如此，沈先礼又打了退堂鼓，这小子到底值不值得依赖，看来还有待勘察。毕竟是小孩子，翻脸比翻书还快，当初他也是因为沈先礼给他买下游乐园就抛弃了养他几年的司远森，保不齐对自己新鲜劲过了就又想要重回司远森怀抱。

这么想着，沈先礼就撇起嘴来，"白眼狼"。

在他独自担心着尔辰和司远森之间血浓于水这件事的时候，白玺童却看着尔辰的侧脸越来越担心。

尔辰已经越长越像沈先礼，无论是动物园里的陌生人，还是沈老夫人都一眼就能看出他是沈先礼的孩子。

如此一来，但凡有人和沈先礼提及，那么以沈先礼的手段一定会追查到底，当真相昭然若揭的时候，她怎么办？

起初决定和尔辰留下来时，也是念及可怜孩子，想让他有机会与亲生父亲亲近亲近，但当这份亲近变成依赖，她就开始担忧起来。

和沈先礼复合吗？这是她从未想过的，曾经的岁月，那些痛彻心扉的经历，即便她能释然，却不代表她能不计前嫌地和他再在一起。在沈先礼身上，携手白头是一个多么可笑的词语。

那么如果不这样，沈先礼会放弃尔辰吗？沈家唯一的血脉，沈先礼肯让他流落在外？这么想都不可能。

她不能冒着失去尔辰的风险，哪怕是为了让尔辰能享受片刻的天伦之乐，也时间已到。

尔辰还在对着视频里的司远森叽里咕噜地说话，他终于开始想念这个朝朝暮暮都宠着他，惯着他的爹地了。甚至二人在挂掉视频前还约定回新加坡相见，白玺童想了想，真的是时候了。

手机里还躺着司远森给她发的微信，写着："如果你想回来了，我一直在家等你。"

她摸了摸尔辰的头，温柔地试探："男子汉说话要算数，答应爹地的事，你准备什么时候回去看他？"

尔辰哪里对天数有概念，正逢兴起，小手一举，激动地说："明天！"

"好，明天就回去。"

Part 2 ......

当白玺童收拾好行李拉着尔辰的手出现在沈先礼的面前时，他几乎不敢相信自己的眼睛。

这一夜之间究竟发生了什么，才能让白玺童毫无预兆地，说走就走。

难道真如白乐瑶所说的，是因为她发现了白乐瑶是自己安排在她身边冒名顶替的大姐吗？

可就当白乐瑶手足无措地看向沈先礼的时候，白玺童却拉住她的手，跟她说："大姐，和我们一起回新加坡吧，你会喜欢那里的好天气。有我陪着你，你

416

不用担心，哪里都是家。"

白乐瑶一时间不知道怎么回答，这一切都来得太突然，甚至都没给她思考的时间，她已经猜测到白玺童对自己的身世有所洞察，可为什么还是会愿意带她一起走，她心里一下子没了主意。

而这个消息对沈先礼更为晴天霹雳，她不声不响地把一切都准备好，就是担心打草惊蛇，若提前告诉沈先礼，他还会让她走得成？

她要的就是这般打他一个措手不及，让一向应对自如的沈先礼这一次不得不面临毫无准备之战。

他看着白玺童毅然决然的样子，脑中一片空白，素日里的运筹帷幄在感情面前溃不成军。他从来都看不起头脑被感情所支配的那些傻子，可到头来轮到自己，却明白什么是当局者迷。

他没有了往日的傲气，在震惊中努力挤出一个笑容，却因为皱眉，把这一脸的表情都弄到尴尬。

"怎……怎么了这是？是新加坡那边发生什么事情了吗？你告诉我，我让江伯父摆平，你也不用走得这么着急吧？"

白玺童不想当着孩子的面前和沈先礼撕破脸皮，可她又岂会不知，想离开沈先礼，和平是不可能的。

于是她避开沈先礼的问题不答，对尔辰说："尔辰，回房间看看是不是有什么玩具落下了，再去检查一遍，妈妈可以允许你再多带走三样。"

尔辰这才离开了是非之地，白乐瑶也识趣地跟着尔辰去了。

等客厅只剩下他们二人之时，沈先礼眼睛里的失落和无计可施就好像更是成倍放大，白玺童不忍看他，装着东看看西看看。

最后还是被沈先礼一把拉进怀里，他几乎是用请求的语气问她："可不可以留下来？"

白玺童轻轻推了推他，却没有挣开得掉，索性最后一次体验他怀里的温度，既陌生又熟悉，她强装镇定，轻描淡写地说："没什么事，只是我得回家了。"

沈先礼想不出她有什么理由能在一夜之间打定主意，可是留下她，自己同样也没有说得出的借口。其实从一开始，去留始终取决于白玺童的心，只是沈先礼从来都不知道这其中的关卡设定在哪里。

他甚至都不得不问她："离婚手续呢？你也不办了吗？"

"交给律师处理吧，反正我也没有再婚的打算，一纸婚书而已，随便吧。"

沈先礼见连这个理由都不足以留下她，紧张得把她抱得更紧，口不择言地把一切也许会成为挡箭牌的借口都试了一遍："洛天凡你临走也不准备再见一面？"

白玺童此时已经眼泪噙在眼窝里，努力地把眼睛往天花板上看，很怕一不小心就流出来。可声音在极力的控制之下，还是有些颤抖，"不见了。"

"白玺童，你到底怎么了？"

白玺童怎么也无法告诉他是因为尔辰，她无论如何也不会拼上失去儿子的风险去延缓一时的不舍。她和沈先礼注定是殊途，长痛短痛之间又有什么区别。

就在这时候，尔辰从屋子里噔噔噔地跑出来，手里拿着几样东西问她："妈妈，我可以带走这些吗？"

这二人哪还有心思管他想要拿走什么玩具，看都没看。

可尔辰的出现却让沈先礼似乎看到了转机的希望，他只需一点时间，哪怕几个小时也好，只要让他冷静冷静，就总会想出办法留住她。

他见白玺童不行，就改问尔辰："尔辰，你想再多留几日的对不对？"

尔辰摇着头，嘟嘟嘴说："还是不了吧，昨天尔辰答应爹地了，要回去看他。没关系呀，沈叔叔，尔辰再答应你，看完爹地，以后再来看你。"

可沈先礼知道，他们这一走，再回来谈何容易。

他想尽办法引诱尔辰："尔辰，你不是喜欢我家里的星星吗？记得吗？沈叔叔给你摘的星星，我们去取好不好？"

尔辰一手搂着玩具熊，思考了一下说："那不如你寄去新加坡吧。"

他显然是在家里待得不耐烦了，还假装看了眼明明什么都没有的胳膊，说："呀，妈妈，时间到了，我们快走吧。"

白玺童起身，走到尔辰和沈先礼身边，说："和沈叔叔说拜拜。"

可就在这时，沈先礼拉着已经走了两步的尔辰说："夏夏呢？你不和夏夏说拜拜了吗？夏夏可是你最好的朋友啊，你临走都不和她告别，她会哭的，万一她眼睛哭坏了怎么办？"

白玺童明知这一切都是他的黔驴技穷，可还是说了句："沈先礼。"

没想到此招却真的奏效，尔辰想到了夏夏，这在H市他唯一的好朋友，他松开了白玺童的手，恳求地说："妈妈，我可以去幼儿园再去看看夏夏吗？"

尽管白玺童不愿再生事端，可他看着尔辰，就想起当年自己与司远森之间没有告别的遗憾，对于一个小孩子来说，大概更是如此，便心软下来，看着时间尚早，答应他："那一定去了和夏夏说完再见就走。"

沈先礼总算如愿以偿，他忍着红了的眼睛，哈哈大笑起来，把尔辰举高高，大喊着："谢谢夏夏，谢谢夏夏，走，我们去看夏夏！"

可他知道去看夏夏事小，最主要的是争取来的这段时间里，他要采取行动。于是她跟白玺童说："我去带尔辰去幼儿园就好了，你留在家里和你大姐商量下她的去留吧。"

白玺童点点头，嘱咐他们："早点回来，尔辰啊，亲亲妈妈。"

他们刚上车，沈先礼就拨通了车载电话，从洛天凡到谷从雪，对每个人说的都是同样的一句话："想尽一切办法，把白玺童留下来。做不到？做不到就去把新航给我买下来，今天所有飞新加坡的航班全部取消！"

到了幼儿园，尔辰兴致勃勃地冲进去，却哭哭啼啼地出来。这一场和夏夏的告别，堪比一出狗血剧，不过五岁大的两个孩子对分离这件事简直当成生离死别，尤其是夏夏，哭得几乎上不来气。

本就有哮喘的她，这一下可把老师吓坏了，赶快给陶沐渊打电话："夏夏哥哥吗？您快来幼儿园一趟吧，夏夏的好朋友尔辰要走了，她哭得哮喘症复发。"

而另一边的陶沐渊却意味深长地捕捉了重点问："只有沈先礼一个人带着尔辰来的吗？"

当沈先礼载着尔辰往水墨林苑走的路上，他的手心已经冒得全是汗了，攥着方向盘，脑中却在高速运转。洛天凡还在想办法找出路留住白玺童，但时至今日已经不能再用软禁这样的办法，可还有什么出路。

他心不在焉地闯过一个又一个红灯，尔辰还在车后座因为和夏夏的分离而号啕大哭，耳边传来不满他乱开车的滴滴喇叭响。

沈先礼气急败坏地猛踩油门，把所有的脾气都发泄在脚掌上，心里想的全是白玺童。

可就在他出神的时候，马路上不知何时横着一辆超长的送货车，他这才回过神来，连忙调转方向盘！却已经为时已晚……

他即便尽量把伤害降到最小，还是结结实实地一头栽在货车身上，这辆价值连城的宾利像一把利剑将货车拦腰斩断，却也撞到变形。

气囊从方向盘里弹出，在关键时候救了沈先礼一命，他却因为强烈的撞击，眼前一片模糊，他扭过头，看向坐在后座椅上的尔辰正吓得尖叫。

他伸出手，拼尽最后一丝力气说着："尔辰别怕，叔叔在。"

可就在这时，整个车从后面被再一次撞击，不止一下，来者像是地狱使者般一遍、一遍又一遍地反复补撞，直到宾利的车尾已经看不出样子。

沈先礼失去了意识，尔辰不再尖叫。

空气中没有一点声音，刚刚世界的嘈杂一下子被屏蔽掉，唯有那一声声催命的轰轰声……

陶沐渊从那辆货车的驾驶位上走下来，蹲在沈先礼旁边，表情捉摸不定，他轻笑了一声，不慌不忙地说："小的时候我就告诉过你不能手软，斩草除根，你早晚会为自己的妇人之仁栽跟头。这么多年过去了，你骨子里还是那个连野兔都不敢杀的人。你不该放了我，我才是白昆山留下的最后的一道追杀令。丧家之犬也是会咬人的，沈先礼。"

他伸了一个懒腰，若无其事地擦了擦左臂上的血迹，"今天天气真好。"

只是陶沐渊百密一疏，那撞击是从后面而来，沈先礼在气囊的保护下算是逃过一劫。

当他再次醒来，已经是在医院的病房里。

时间像是倒转，命运总有轮回，这里恰好就是当年他命人拿掉白玺童和他的孩子那家医院。当时白玺童面如枯槁，如今倒是他躺在这里。

他想到刚刚那场人为的车祸，瞬间清醒，被包裹着白色纱布的头剧烈地疼痛，他却想起了更重要的事。

病房里只有谷从雪在一旁守着他，见他醒来，却也没能露出半分笑容，只手忙脚乱地按响了呼叫医生的警铃。

"尔辰呢？"

Part 3 ......

没有人告诉他尔辰在哪，怎么样了，他环顾四周，拼力起身，哪怕是拖着身体也要走出去。

他的喉咙因为刚受撞击而发不出声音，可他还是用力地在喊："尔辰，尔辰？"

可才走几步路，他就瘫倒在走廊的地上，医生们跑过来架起他，要送他回病房，可他坚持问："和我一起被送来的那个孩子呢？我要去找他。"

医生们相互对视，没有人敢说出实情，谷从雪只顾着哭，最后见他六神无主的样子，对医生说："请带小沈总去看看吧。"

沈先礼坐在轮椅上，被谷从雪一路推着，从急诊室到ICU，都没有停下来，沈先礼暗暗忖度，没进ICU的话，是不是表示尔辰没事？

可却事与愿违，轮椅在停尸间前不再转动。

走廊里什么都没有，只有一扇大门冰冷地阻隔着阴阳两界。

洛天凡、白乐瑶都在一旁低声地哭，不见白玺童的影子。

沈先礼盯着那扇门，也不知是在问谁，只操着尚有血腥味的嗓子问："白玺童呢？尔辰呢？"

白玺童这时从门里走出来，沈先礼起身却晃了几下，差一点又摔在轮椅上，他想走过去抱一抱白玺童，问她发生了什么事。

可她看到他，却止不住地抖动，冲过来狠狠地打在他身上，声嘶力竭地喊着，任谁也拦不住，她像是在用整个身体的力量在把自己重重地摔在沈先礼的身上。

却像是行尸走肉，空洞的，激烈的嘶吼……最后连歇斯底里都不剩，只一个人跌坐在这冰冷的地上，抱着尔辰满是血迹的衣服，把头埋在里面，发出呜呜的哭声。

时间恍若静止，所有人都停在了白玺童的哭声里。

直到一位护士走过来，低声问："死者家属麻烦签下字。"

白乐瑶抚了抚白玺童的肩膀，白玺童的脸才从尔辰的衣服上移开，她哭着笑着伸出一只雪白的手，指向沈先礼："这个机会留给孩子爸爸吧，也让他尽一次为人父的责任……"

沈先礼接过尔辰的死亡证明，眼前的白纸黑字却在他眼睛里模糊一片，他一个字都看不清，手连笔都握不好，捏着那张纸皱得不成样子。

他探身到白玺童跟前，一字一句都说得艰难，在这叫人绝望的走廊里久久回荡："你是说，尔辰是我的儿子？"

白玺童重重地点点头，泪水把披散的头发粘在脸上，让她看不清表情，眼神却真切。"他是我们的儿子，他是沈尔辰啊！"

"尔辰，他原来是我的儿子。"

沈先礼一步一步走向停尸间，只有他自己一人，推开那扇冰冷的钢筋水泥。

尔辰还躺在空地中间的床上，身上盖着纯白色的布，可即便如此还是能看得出他小小的轮廓。

沈先礼拎起白布一角，刚掀起一条缝，还是不忍看他的脸，又把布放下了。只从里面拉出来他的小手，没有一点温度，却除此之外一如往昔。

"尔辰啊，我是爸爸啊。"沈先礼哽咽地一遍遍重复着，"我是爸爸啊……儿子……"

这世界从来就没有悲天悯人之心，只有满目疮痍的冤冤相报。

沈先礼少年丧父，中年丧子，这家破人亡的命数究竟该算归何处。

他这一生拥有很多，却远比不上失去的。

到头来，只有一句，劫数难逃。

三年后。

新加坡。

"你看看还有没有什么东西落下了，柜子里面都检查检查。你啊最是丢三落四，搬家公司的车已经到了。"

白玺童听着电话里司远森又在婆婆妈妈，不耐烦地说："好啦，知道啦。"

嘴里敷衍着，果然连都看都没看，抓上背包就要出门。好在刚一开门，司远森到达门口，说道："还是不放心，我再看一遍。"

白玺童一脸的无奈，抱怨说："安琪是怎么能忍你这么婆妈的人。"

"哦，晚上安琪说让你去我们家吃饭，她炖姜母鸡给你。"

"你还真是娶了个好老婆呢。"白玺童边笑边探头往里看。

司远森却发现了落在柜子里的东西，这间白玺童住了十年之久的房子，总会有些旧物，即便再如何不想再想起，还是会猝不及防地蹦出来，像是往事在招手，提醒人不要忘记。

他拿着这个蜘蛛侠样式的小背包，由于站在门口，直到白玺童怎么催他都不见回应，进门来找他。

等他看到白玺童进屋，再想把那个背包藏起来已经来不及了，他的手还没来得及背过身后，就被她全看在眼里。

白玺童舔了舔嘴唇，停了半刻，也看出了司远森的担心，便假装着轻快，不着痕迹地说，"到底还是落了东西呀，我真是个糊涂鬼。走吧，不是说安琪炖了姜母鸡吗，我都饿了。"

白玺童坐在副驾驶，嘴里一直不停地唠叨着新家装修的事，可手却因为紧紧攥着尔辰的小背包而青筋暴起。

临下车，司远森拉住正要开门的白玺童说："不然，把背包先放我这里吧，等……"

"没事啦，你真小题大做。"说着就没事人一样先一步离开了。

司远森从挡风玻璃前看着她，事情过了这么多年，还是觉得偶尔会心疼。

在尔辰走后的这三年，超乎他想象的坚强，只有在最开始的半年里以泪洗面，而后她就像是与过去做彻底告别一样，努力地成为新的自己。

只是，她把周围的人都推得好远，而司远森再也走不进她的心里。

他知道，她笑得有多认真，悲伤就有多猛烈，那丧子之痛所带来的绝望是后遗症，一不小心眼泪就跑出来，哭过之后又明白是自讨苦吃的想念。

这世上也许只有一人，在面对尔辰离开的事上，是与白玺童感同身受的，只是他在地球的另一端，成为她最不想提起的人。

吃饭的时候，安琪一直在给她添汤，自己面前的那碗却几乎动都没动。白玺童问她："安琪，你不舒服吗？"

安琪尽管摇着头，但无精打采的样子却骗不了人。

"是不是感冒了？"司远森说着，就忙起身回房间去给她找药片，安琪也跟了过去。

司远森的家很小，卧室离餐厅只有一面后建的隔板，隔音效果不是很好，哪怕已经压低了声音，白玺童还是听到了，他们好心不想让她难过的话。

安琪初为人母的喜悦渗透进字里行间，她悄声说："远森，我们有宝宝了。"

白玺童本想起身祝贺，但又瞬间想到安琪不在她面前宣布这个好消息的原因，就把嘴里的那声"恭喜"，又重新咽回肚子里。

这不过是尔辰离开后最为平常的一天，她和往常一样，假装着他从未出现的日子。身边的朋友们，也在小心翼翼地不在她面前提到任何会让她联想起尔辰的事情。

可他终究是曾来过，像那个藏在柜子里的小背包，即便有片刻的遗忘，还是会在毫无预兆下就突然出现，提醒着她，曾是一个孩子的妈妈。

入夜，她缩在新家的沙发里，怀里抱着尔辰的小背包，什么都不愿去想，却总能想起每一个他成长的瞬间。

尔辰的东西，她早就已经都打包在一起，舍不得扔，又不忍去看。

晚风吹来，水汽凝重，她想起身去跑跑步分散注意力，可手却不听使唤，怎么也放不下它。最后她挣扎无果，说服自己，就看一眼，一眼就好。

拉开背包拉链的时候，她凝神屏气，明明知道里面不过是尔辰的那些玩具，可还是奉若珍宝，期待着每一个上面留下的尔辰的痕迹。

蜘蛛侠、大恐龙、零七八糟的乐高玩具，和一些她都叫不上来名字的小汽车……当这些哗啦啦地摆在她面前时，她终于体会到当初尔辰宝贝它们时的心情。

她一一抚摸着它们，像抚摸尔辰一样，她想说点什么，可房间真的太安静了，安静到话到嘴边，在张口之后却发不出声音，不愿成为这房间中的违和。

就在她盯着这些玩具回忆尔辰的时候，小背包里又掉出来一只手机，看样子已经是三年前的款式。白玺童捡起来拿在手里，丝毫没有印象是自己用过的，可又觉得眼熟。

她明知尔辰没有手机，这大概也是从谁哪里捡来的，可她还是期盼着里面能有尔辰的一点点关联，哪怕是一个照片，或是一个讯息也好。

家里的充电线就在旁边，她试着接在手机上，竟真的充上了电。随着屏幕亮起，手机自动开机，屏幕上却是自己三年前的样子。

她以为是司远森的旧手机，小心翼翼地打开照片夹，都是她。

手机因关机许久，三年来重新开启后，就有好多短信进来，白玺童本不想窥探别人隐私，但手一滑，就不小心点了进去。

上面写着：沈先礼，父债子偿，我想你没有意见吧?

Part 4 ......

白玺童想起来了，这是沈先礼的手机，一定是当时她让尔辰回去房间收拾玩具时，他贪恋手机游戏而装进来的。

她意识到这一点后马上关掉手机，她不愿想起他，即使她知道尔辰的离开也并非他所愿，可这一句"父债子偿"她当然明白其中的意思。

尔辰没有享受过一天的父爱，没叫过他一声爸爸，却成为他的替罪羊，叫她如何不恨他。

可当她把手机伸出窗外想要彻底扔掉时，却鬼使神差地拿了回来。

她把冰箱里的啤酒全部取出来，十几罐她连数都没数就一饮而尽。都说酒壮怂人胆，这句话还真不假，有了酒精的作用，她不顾一切地看起沈先礼的手机来。

一条一条，从汇报沈氏的业务开始，到关于她自己的消息，她像是看到了沈先礼的另一面，那站在她背后，从来不为人知的表情和心。

当白玺童看到沈先礼与江峰之间的信息时，总算是解释了为什么新加坡好似福地一样，让她做什么事都如此幸运。

在生下尔辰不出三个月后，她就飞来新加坡定居。那几年，她有如神助，想买车一下子就能抽中好的号码，尔辰上幼儿园就遇到了跨学区入学的好事情。甚至连突遇下雨，都会有好心人送伞给她。

她曾经以为是时来运转，今天却真相大白，一切都是沈先礼安排的。

江峰像他一只伸在新加坡的手，面面俱到地成为她的幸运之神，让心想事成眷顾着她。

当她以为自己只不过是他报复白昆山的一枚棋子的时候，他却无时无刻不在她身边。

白玺童好恨他，为什么在这个时候又让她看到这些。在尔辰葬礼过后她就离开了H市，她与沈先礼之间唯一的联系也不复存在，也许彼此间的羁绊注定到了缘尽。可如今尔辰却好像冥冥之中在安排一场相遇，让所有的误会都得以澄清，让所有的结束都能有开始。

白玺童其实很想找人聊聊尔辰，不是事不关己的怜悯，而是和她一样的饱受丧子之痛的侵蚀。

唯有沈先礼。

可她拿着他的手机，却再也不知道可以找到他的新号码。

酒后的冲动，让白玺童坐在了连夜回国的飞机上，连她自己都说不清究竟是发了什么疯。可直到屏幕上的小飞机标志已经飞过半个中国时，她才醒酒，想回去已经为时已晚。

初升的太阳总是好的，让每一个糟糕透顶的决定都看起来没什么大不了。

白玺童心想，就当是回来重温旧梦，追忆尔辰好了，城市之大，又哪那么容易遇到沈先礼。

她一个人去了曾有过尔辰回忆的地方，水墨林苑的房子空着，她当时走得匆忙也没有卖掉，从外面看去，家具布置和三年前没有任何不同，只是人去楼空格外凄凉。她没有带钥匙，只在门口坐了坐，拍着石阶说："尔辰，不许乱跑。"

她又去了幼儿园，三年已经变了样子，正赶上小朋友上学，她却已经一个都不认识。也对，三年过去，当年的小孩子早已长大了吧，如果尔辰还在……都该是小学生了。白玺童站在大门对面，也不知在朝着谁喊，旁边的家长只把她当作在叮嘱人群中的自己的孩子，她说："尔辰，上课要好好听讲，知道了吗？"

从幼儿园顺着走不远，就是当初尔辰在那里犯浑的儿童乐园。这是尔辰一个人的儿童乐园，所以哪怕门口有路过的孩子想要进去，那家长也只会说这是沈家小少爷的私人乐园，不营业的。她很想走过去跟孩子说，去玩吧，但还没走近，眼前就全是尔辰躺在地上耍无赖打滚的样子。她想，如果能从头再来，她一定不为了抢特价的家具而放着尔辰躺在这冰冷的地上，孤助无援。

"尔辰，你不能再胡闹，你是大孩子了。"

最后她去了动物园，已是傍晚，游客们都陆陆续续地往外出，只有她一个人在检票口想进去。负责检票的人好心提醒她："就快关门了，这票明天也有效，要不你明天来吧？"

她摇摇头："我看看就走。"

那些曾以为忘记的，如今历历在目，它们不是被记忆留下，而是在不为人知的角落里发酵，直到某天被想起，就会变得历久弥新。

白玺童沿着路走，路线就和当年的一样，尔辰是如何赖在司远森背上的，又怎么把那么一大块冰激凌吃得泥泞，她都记得。

还有那只熊猫宝宝，尔辰说那是他弟弟，他希望成为它活在人间的眼睛，去看世界。可终究这双眼睛也不在了。

可那只熊猫还在吧，它有三岁了吗，是不是也和尔辰当初差不多高的个子，它叫什么来着？

她站在熊猫馆门口张望，负责清扫的人见她有意思要进去，忙上前阻拦道："这位小姐，不好意思我们闭馆了，里面只有工作人员在打扫，您改日再来吧。"

白玺童有些失望地问："我记得三年前这里出生过一只熊猫宝宝，现在的话有三岁那么大了，你知道吗？"

"您说的是出阳？"

"出阳，是了，它是叫出阳来着。"

"您是特意来看出阳的吗？"

"嗯，是想看看的，它公开征名的时候，我们一家人来的，它的名字还是我儿子取的。"

"嚯，咱们出阳人气可真高，有人为了他做义工每天来伺候，今儿又有你来故地重游的。不过它名字……确定是你儿子取的？莫不是你记错了吧，给出阳取名字的人就在里面打扫啊。"

白玺童心里一沉，难道是他？

那工作人员顺势向里面喊："你说出阳的名字是怎么来的？"

里面的人却喊："他走啦，谁知道怎么叫这个。"

白玺童这才放松下来，淡淡地说："没关系，那我改天再来看熊猫。"

可这时不知是谁把她卫衣的帽子扣在她头上，遮挡住她的视线，声音却再熟悉不过。

那浑厚的声音在她头上面响起，仿佛一瞬间就把时间拉回起点，时隔多久再听都会记得清晰："出阳，是西出阳关，无故人。"

这一次白玺童没有缩身，任凭眼泪在被帽檐挡住的眼窝里转。

耳边是工作人员在和他说："咦，你还没走。正好刚才忘了告诉你，明天来了记得先给出阳洗个澡。"

说罢仅剩的几个工作人员也走了。天色渐暗，白玺童和沈先礼一前一后地站着，脚边的晚风游走，像是白云苍狗。

"我还以为出阳，是初升的太阳。"白玺童背对着他说，语气已经不似当年重逢时的慌张，岁月和苦难平添给她的，是份临危不乱。

"这名字取得不好是不是，我本以为情人变故人已是凄凉，却不承想在妻离子散，家破人亡面前，狗屁都算不上。"

沈先礼还是习惯在相对无言的时候点起一根烟，然后静静地面对这场期盼已久的重逢，不动声色地得偿所愿。

"你就是在这里做义工的人？"

"不是来做义工，而是来弥补当一个爸爸。"

白玺童摘下帽子，转过身来，就算再怎么黑暗，还是能看清他那双明亮的眼睛像是如洗的月光，多年未变。

她说："现在轮到我来问你，你恨我吗？"

"恨你什么？"

"恨我没有早一点告诉你尔辰的身世，让你们错过了父子相认。"

沈先礼抹了一下头发，低头半晌，再挑眉抬头的时候，却是笑了，说道："我们在第一次见面的时候，就已经相认了。"

白玺童不明白他的意思，问他："你说什么？"

他指了指前面的空地，说道："就在那，还记得吗，那天来动物园突然大起大雨，尔辰和你们走散了，是我在人群中找到他。他没看清我，以为是司远森，远远地就向我跑过来，嘴里喊着爸爸。"

白玺童就算练就一身的铜皮铁骨，在沈先礼的这句话前，还是一败涂地。她不再强装没事，强装一切的苦难她都已经放下，终于可以好好大哭一场。

她抱住沈先礼，看着他比自己还要泣不成声。他们之间的恩怨情仇已经十二年，十二年生肖都转一遍了，像是过完一生那么长。

他终于像个无助的孩子伏在她的肩上，脆弱得像个纸片人。他不再是沈先礼，不再是任何一个富贵的象征，只是一个失去了儿子的父亲。

他的眼泪流进白玺童的脖子里，此时的他们在彼此面前，卸下一身的铠甲，承认不堪一击的心。他呢喃道："他是叫过我爸爸的，是真的做过我一分钟的儿子啊。"

白玺童拍着他的背，就如同曾经尔辰受了委屈时在她怀里那样，轻声安慰他："相信尔辰他一定像爱一个父亲般爱过你。"

"白玺童，你为什么还会回来？"

"因为我记不清我有没有告诉过你，我也一样爱过你。"

这世界以你为名，天涯海角不过一个你。

【全书完】